PANGATO

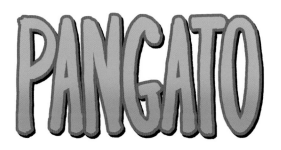

SOY YO, DOS.

Originally published in English as *Catwad #2: It's Me, Two.*

Translated by Abel Berriz

© 2019 Jim Benton
Translation copyright © 2020 Scholastic Inc.

ISBN 978-1-338-60119-0

10 9 8 7 6 5 4 3 2   20 21 22 23 24

Printed in China   62

First Spanish edition, 2020

Book design by Katie Fitch

PANGATO

SOY YO, DOS.

JIM BENTON

UN SELLO EDITORIAL DE
SCHOLASTIC

LIMPIAR

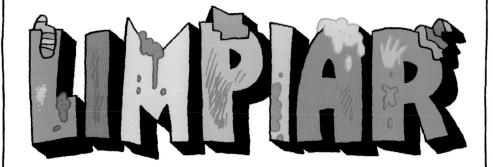

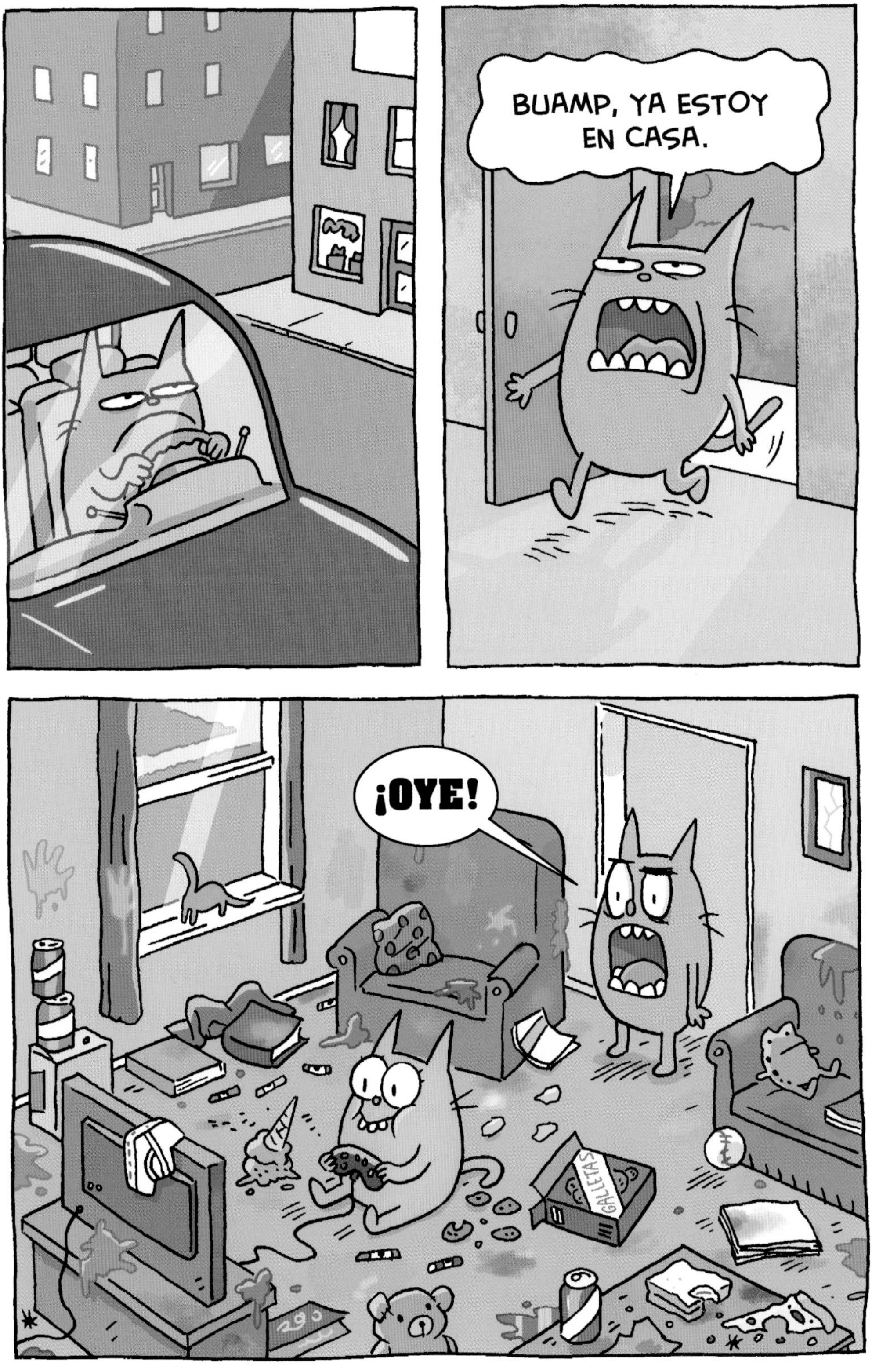
BUAMP, YA ESTOY EN CASA.
¡OYE!
GALLETAS

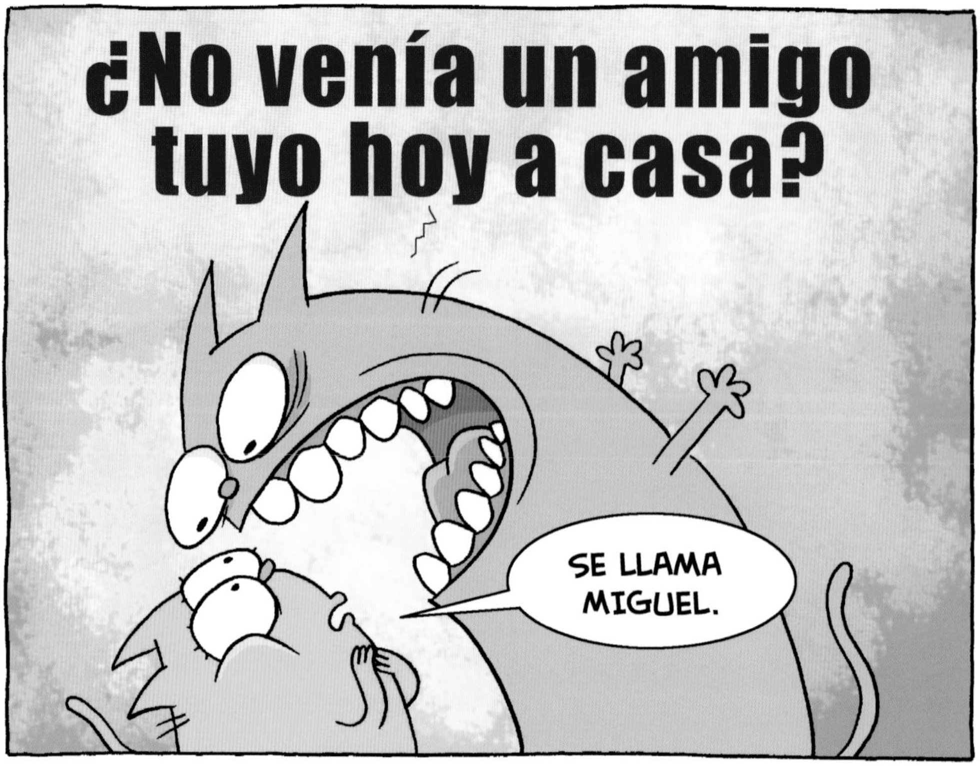
¿No venía un amigo tuyo hoy a casa?
SE LLAMA MIGUEL.

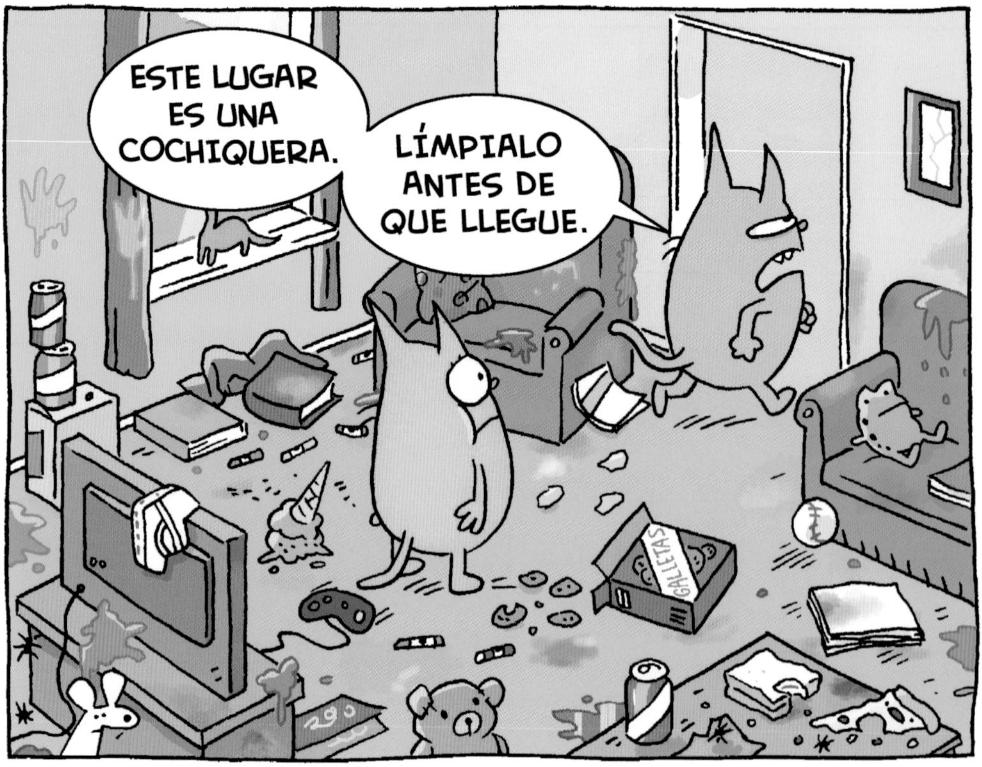
ESTE LUGAR ES UNA COCHIQUERA.
LÍMPIALO ANTES DE QUE LLEGUE.
GALLETAS

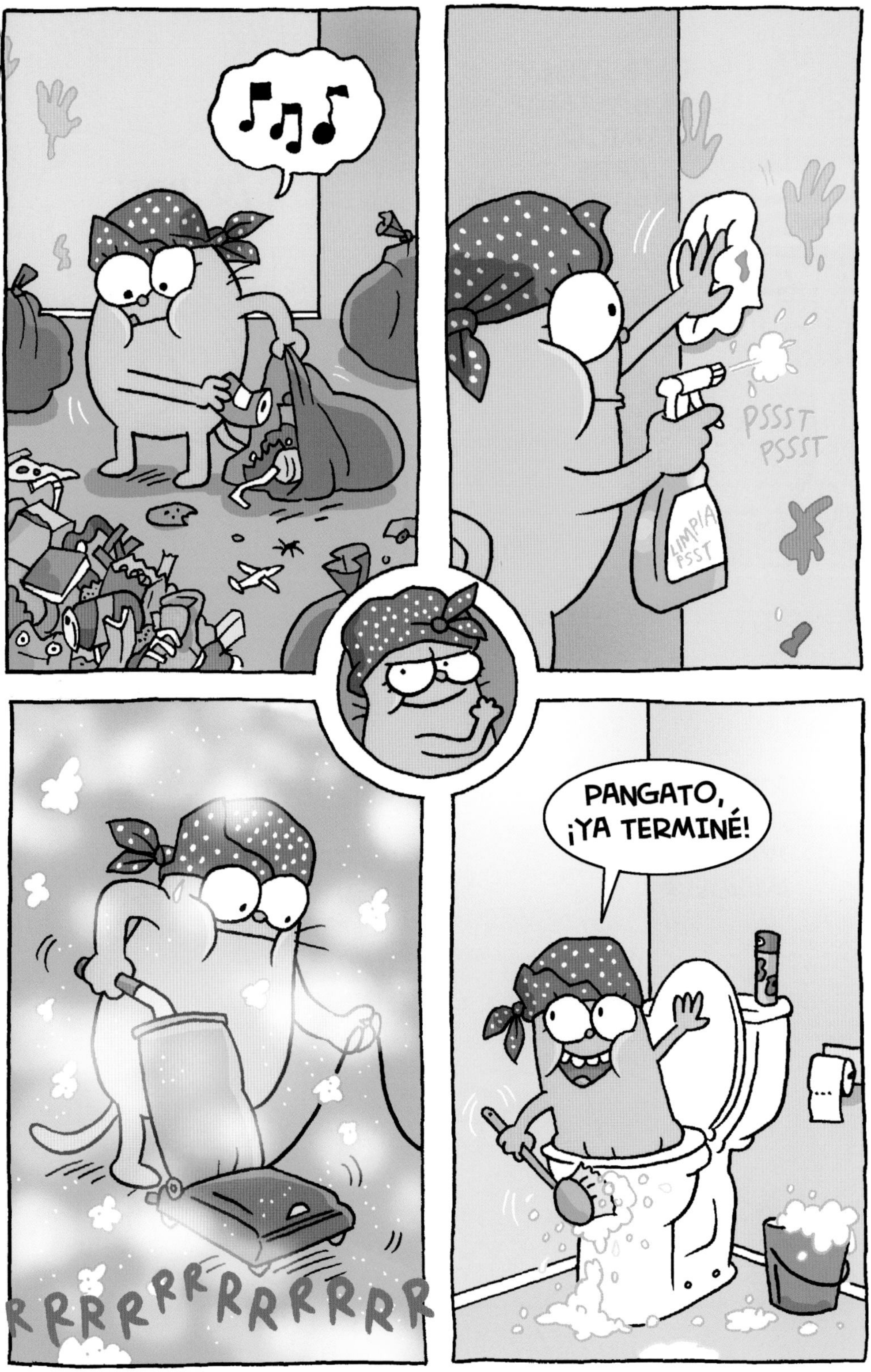
PSSST
PSSST
LIMPIA PSST
RRRRRRRRRRRRR
PANGATO,
¡YA TERMINÉ!

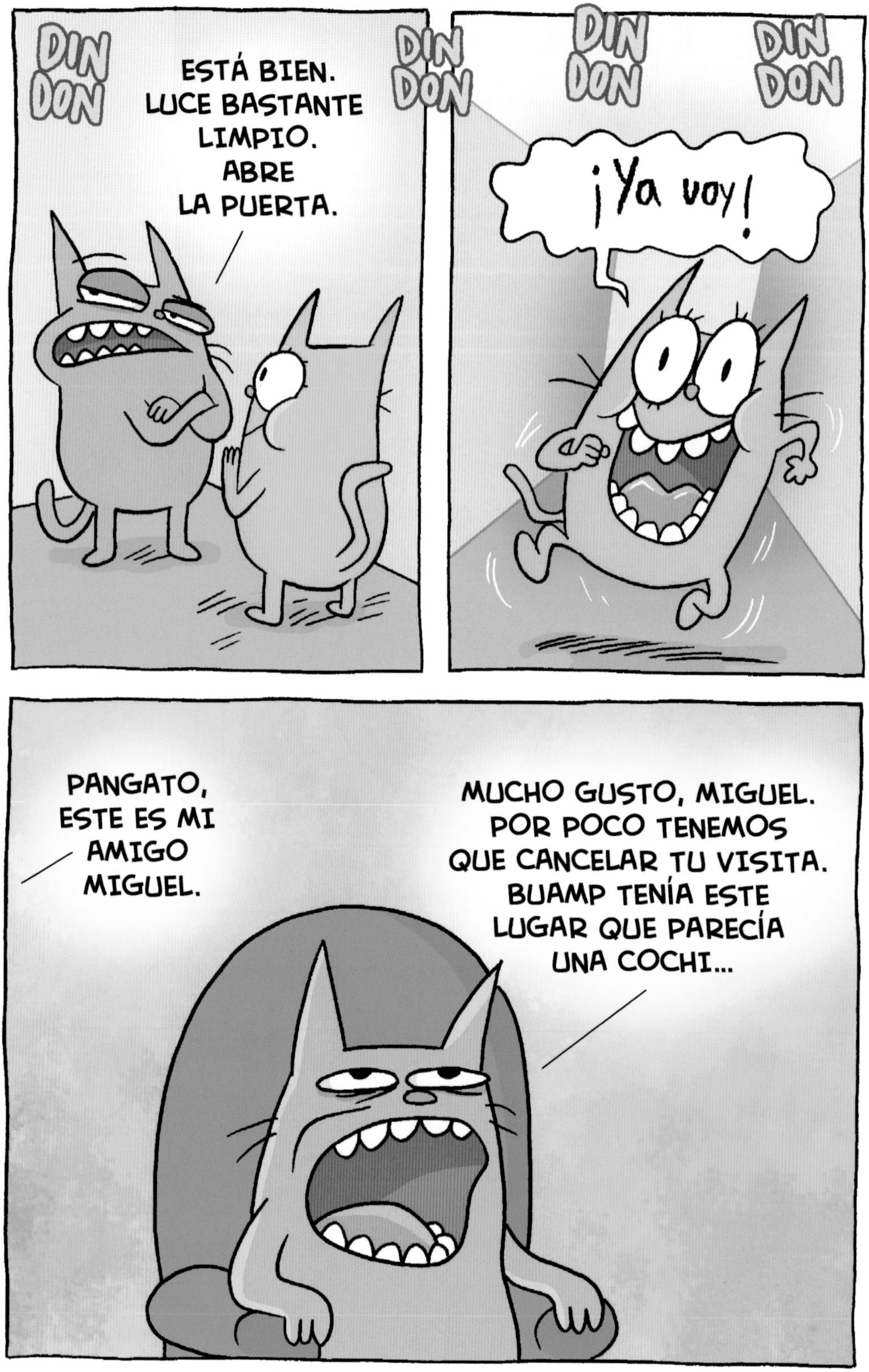
DIN DON
ESTÁ BIEN. LUCE BASTANTE LIMPIO. ABRE LA PUERTA.
DIN DON
DIN DON
DIN DON
¡Ya voy!
PANGATO, ESTE ES MI AMIGO MIGUEL.
MUCHO GUSTO, MIGUEL. POR POCO TENEMOS QUE CANCELAR TU VISITA. BUAMP TENÍA ESTE LUGAR QUE PARECÍA UNA COCHI...

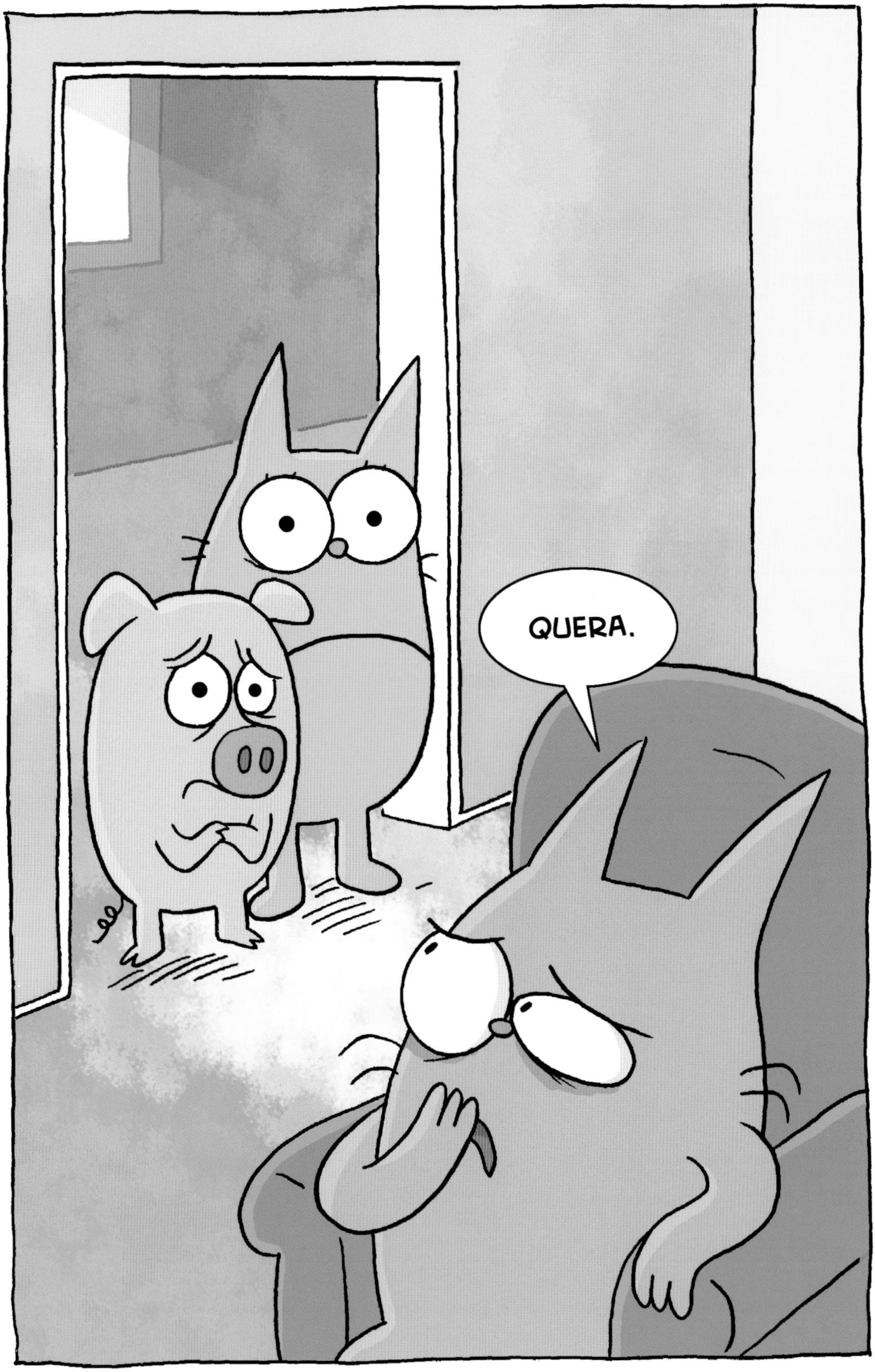
QUERA.

MONSTRUO

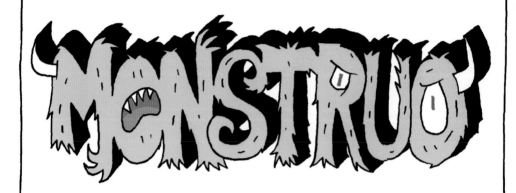

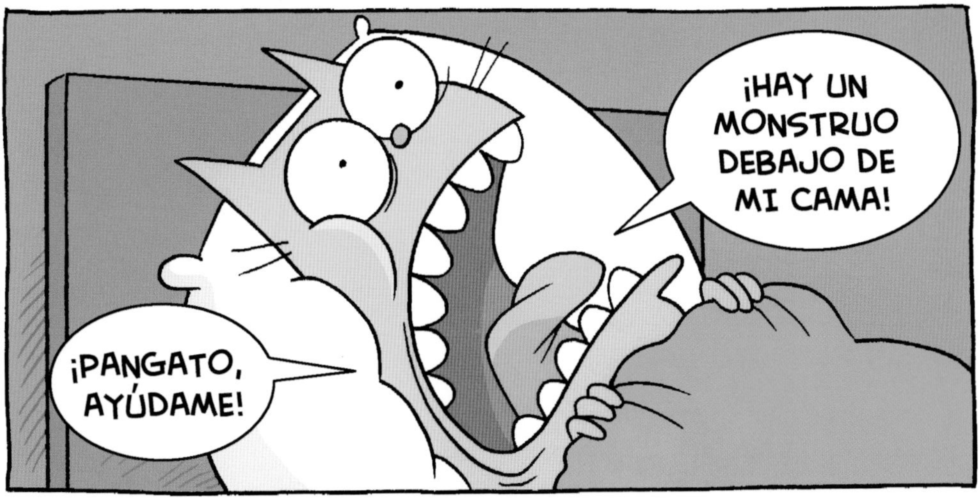
¡PANGATO, AYÚDAME!
¡HAY UN MONSTRUO DEBAJO DE MI CAMA!

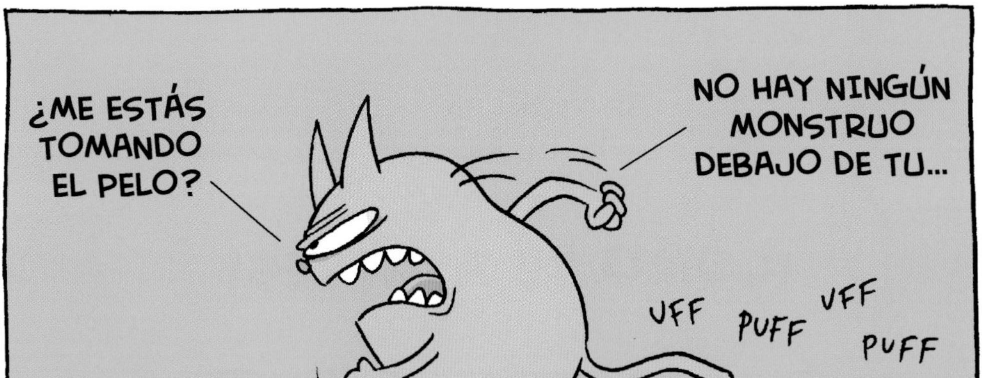
¿ME ESTÁS TOMANDO EL PELO?
NO HAY NINGÚN MONSTRUO DEBAJO DE TU...
UFF
PUFF
UFF
PUFF

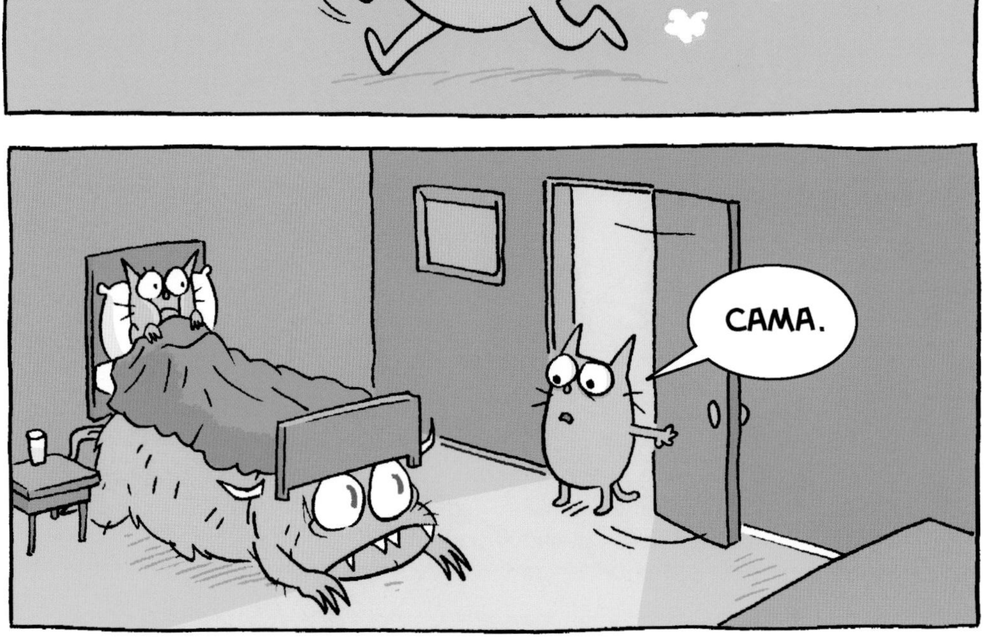
CAMA.

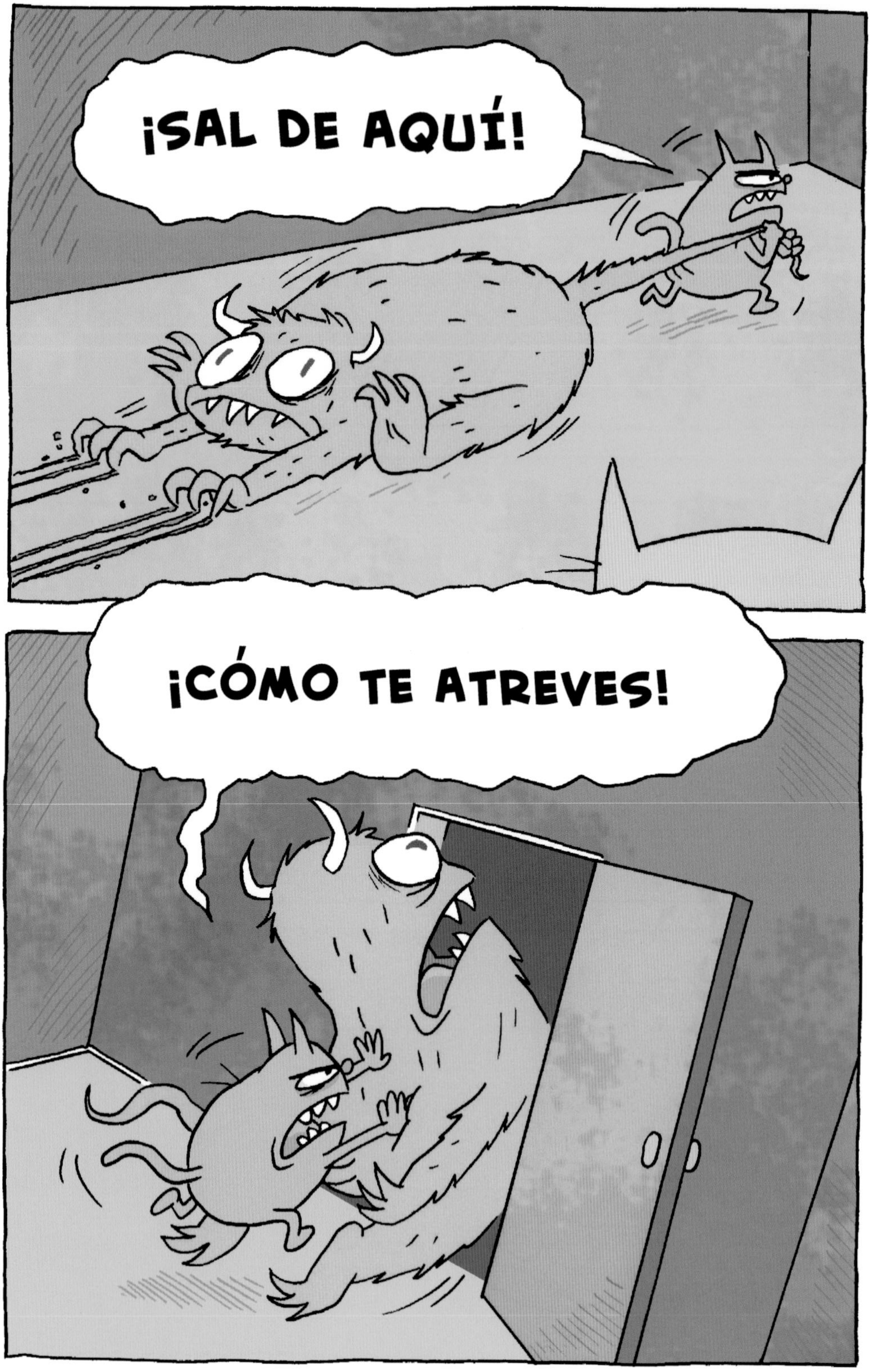
¡SAL DE AQUÍ!
¡CÓMO TE ATREVES!

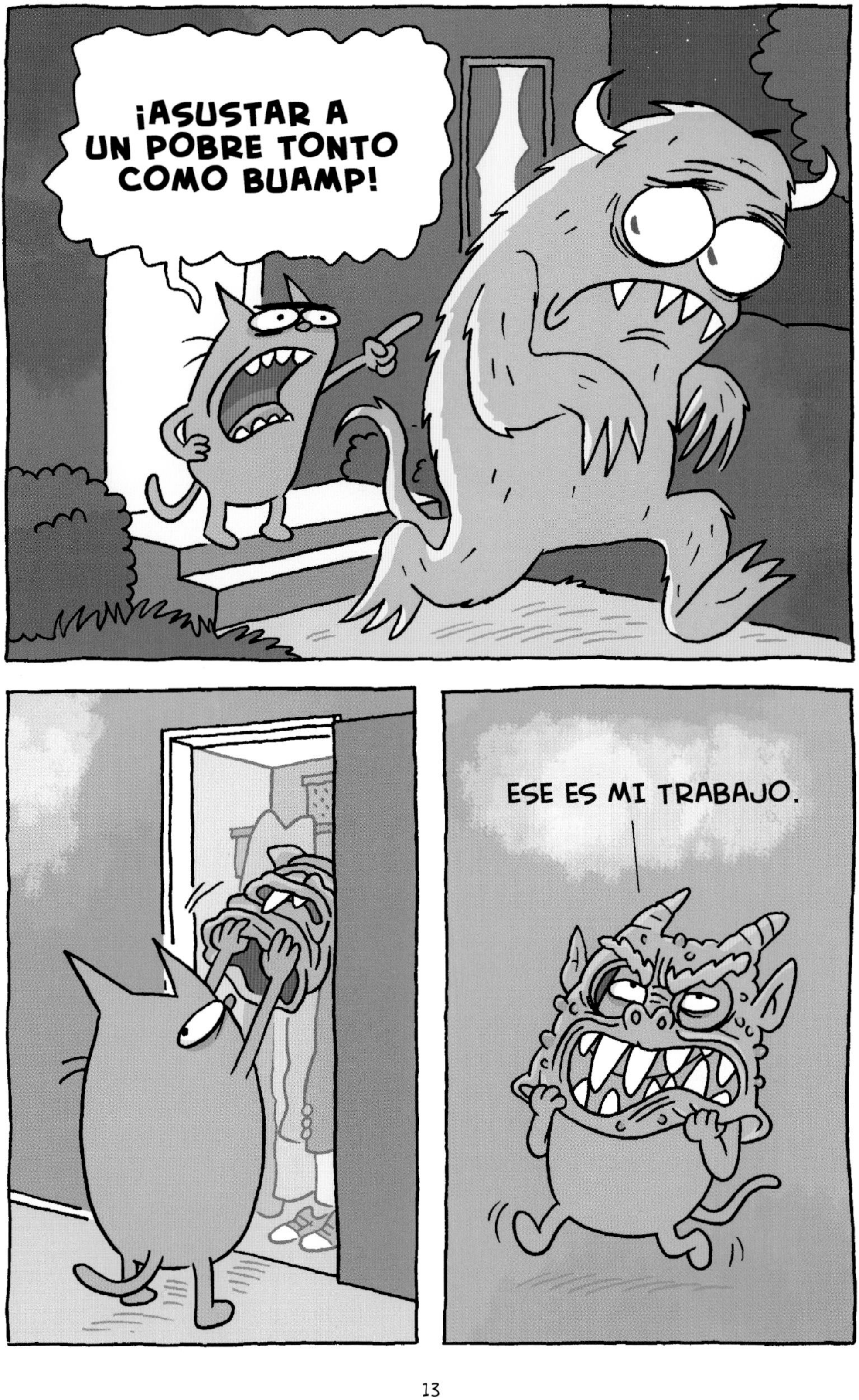
¡ASUSTAR A UN POBRE TONTO COMO BUAMP!
ESE ES MI TRABAJO.

JUEGOS

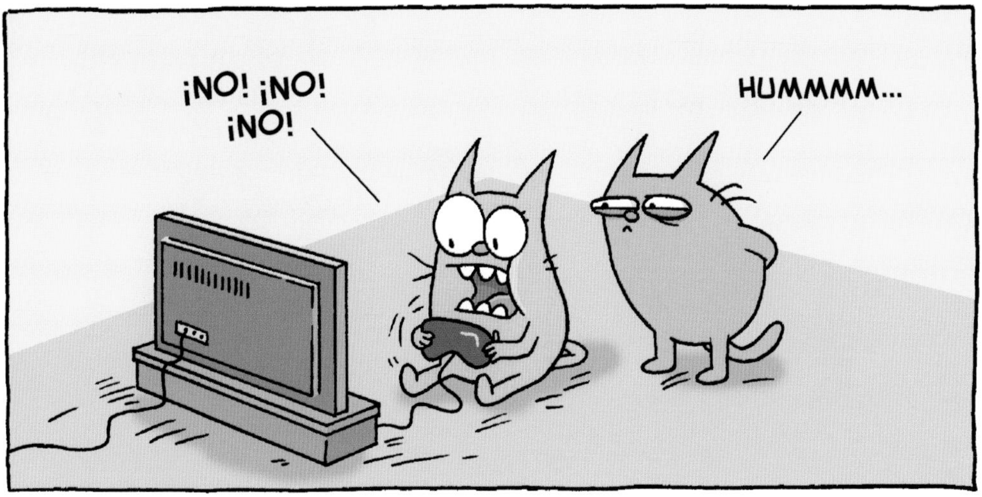
¡NO! ¡NO! ¡NO!
HUMMMM...

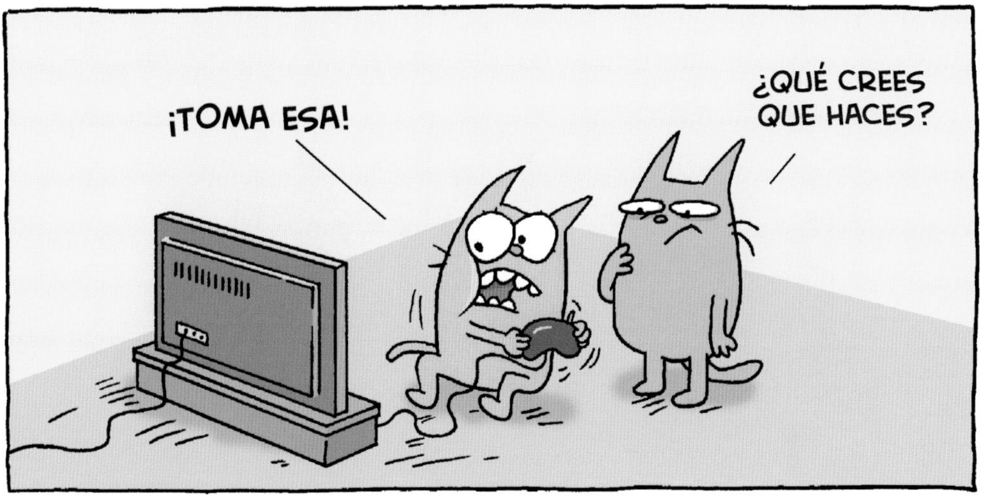
¡TOMA ESA!
¿QUÉ CREES QUE HACES?

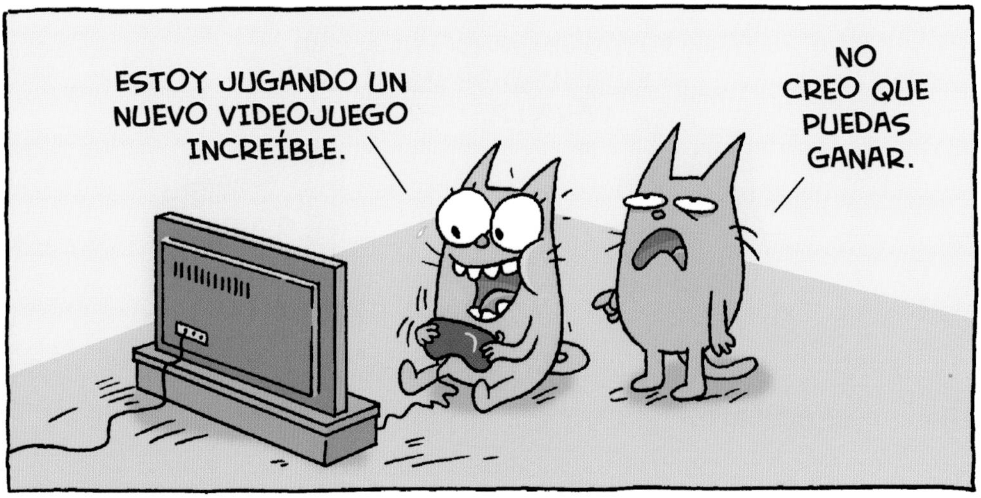
ESTOY JUGANDO UN NUEVO VIDEOJUEGO INCREÍBLE.
NO CREO QUE PUEDAS GANAR.

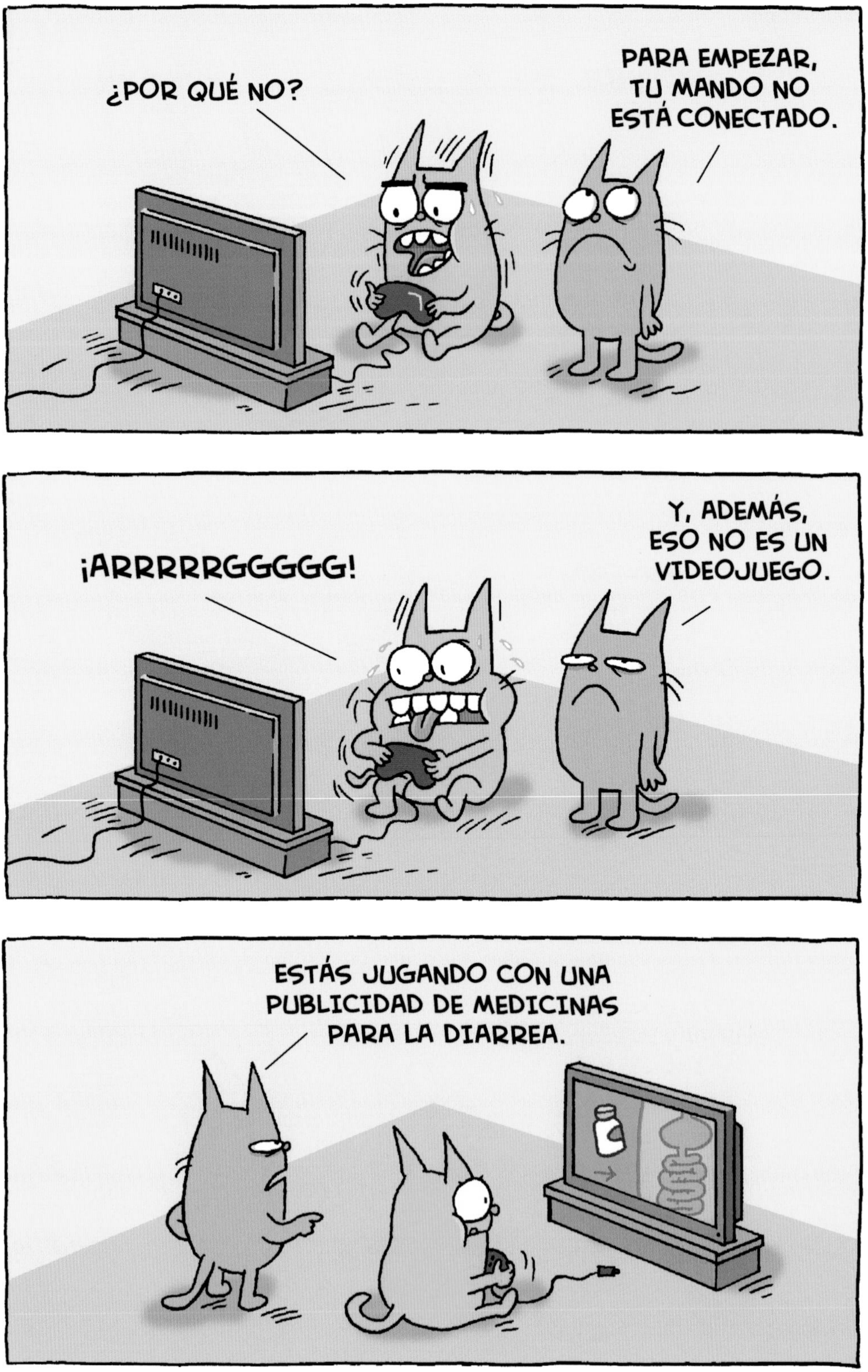
¿POR QUÉ NO?
PARA EMPEZAR, TU MANDO NO ESTÁ CONECTADO.
¡ARRRRRGGGGG!
Y, ADEMÁS, ESO NO ES UN VIDEOJUEGO.
ESTÁS JUGANDO CON UNA PUBLICIDAD DE MEDICINAS PARA LA DIARREA.

ESO TIENE SENTIDO.
PERO VOY A SEGUIR
JUGANDO.

EL SÓTANO

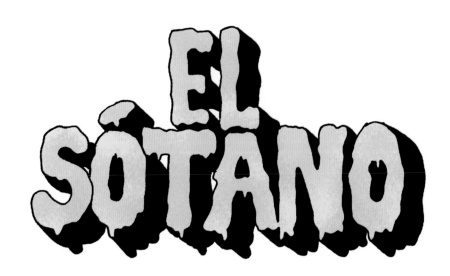

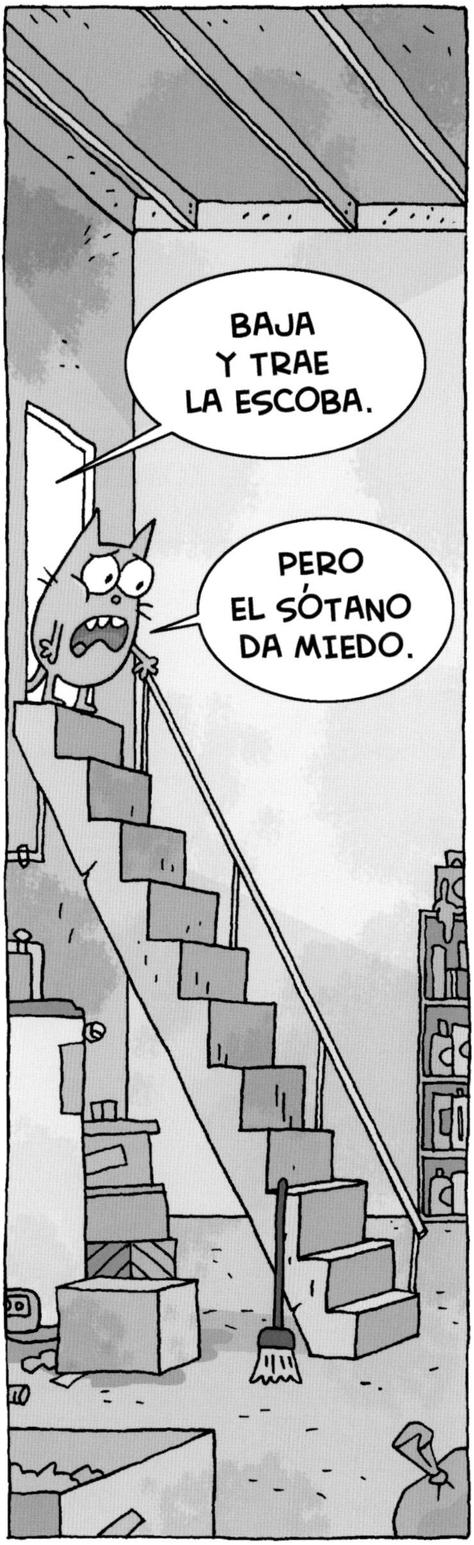
BAJA Y TRAE LA ESCOBA.
PERO EL SÓTANO DA MIEDO.

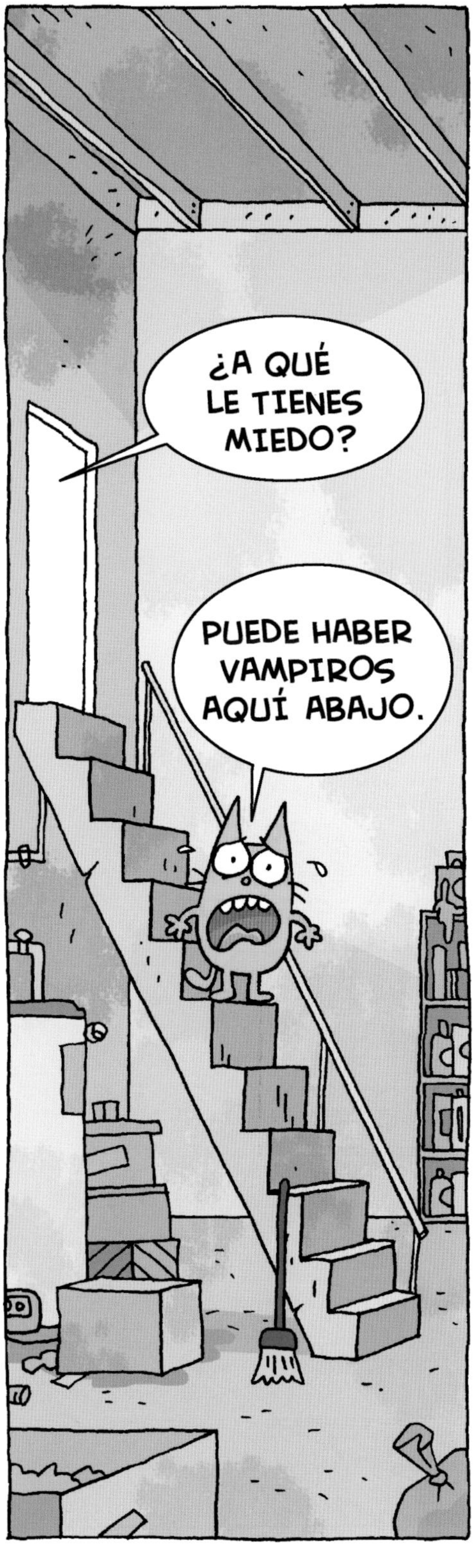
¿A QUÉ LE TIENES MIEDO?
PUEDE HABER VAMPIROS AQUÍ ABAJO.

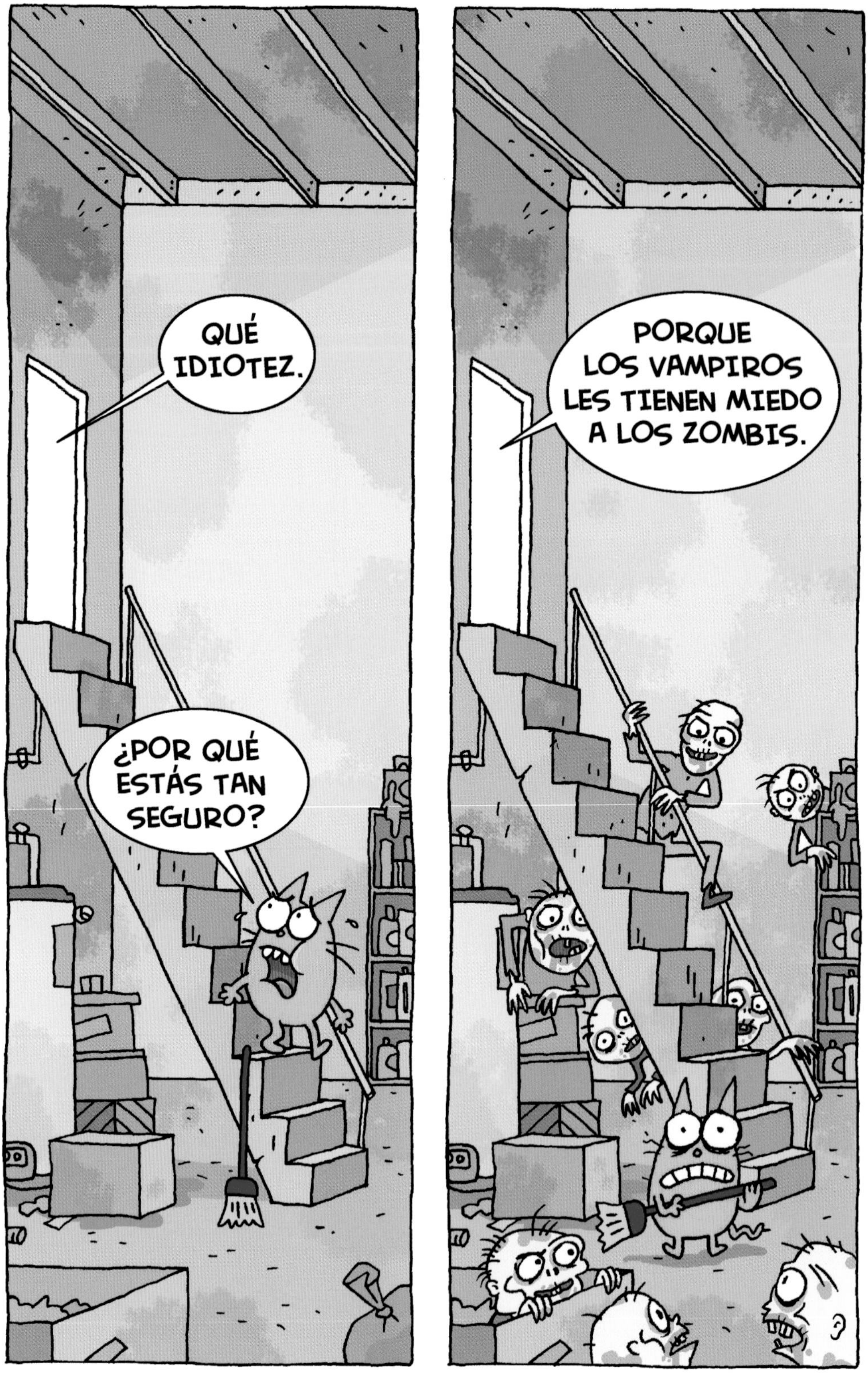
QUÉ IDIOTEZ.
¿POR QUÉ ESTÁS TAN SEGURO?
PORQUE LOS VAMPIROS LES TIENEN MIEDO A LOS ZOMBIS.

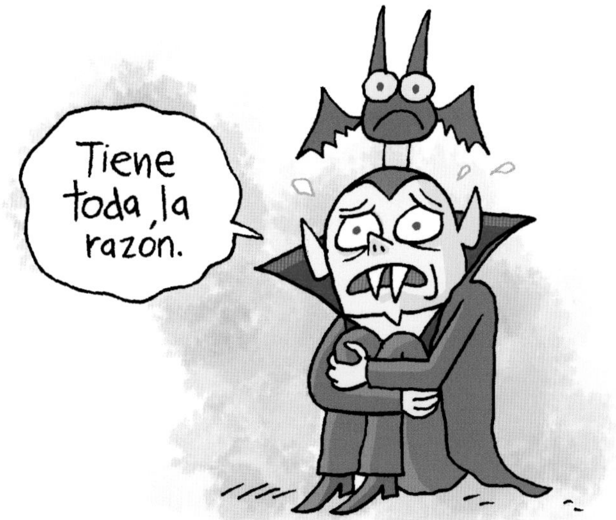
Tiene toda la razón.

ARTE

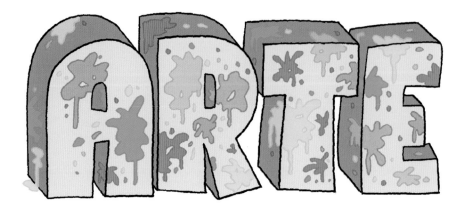

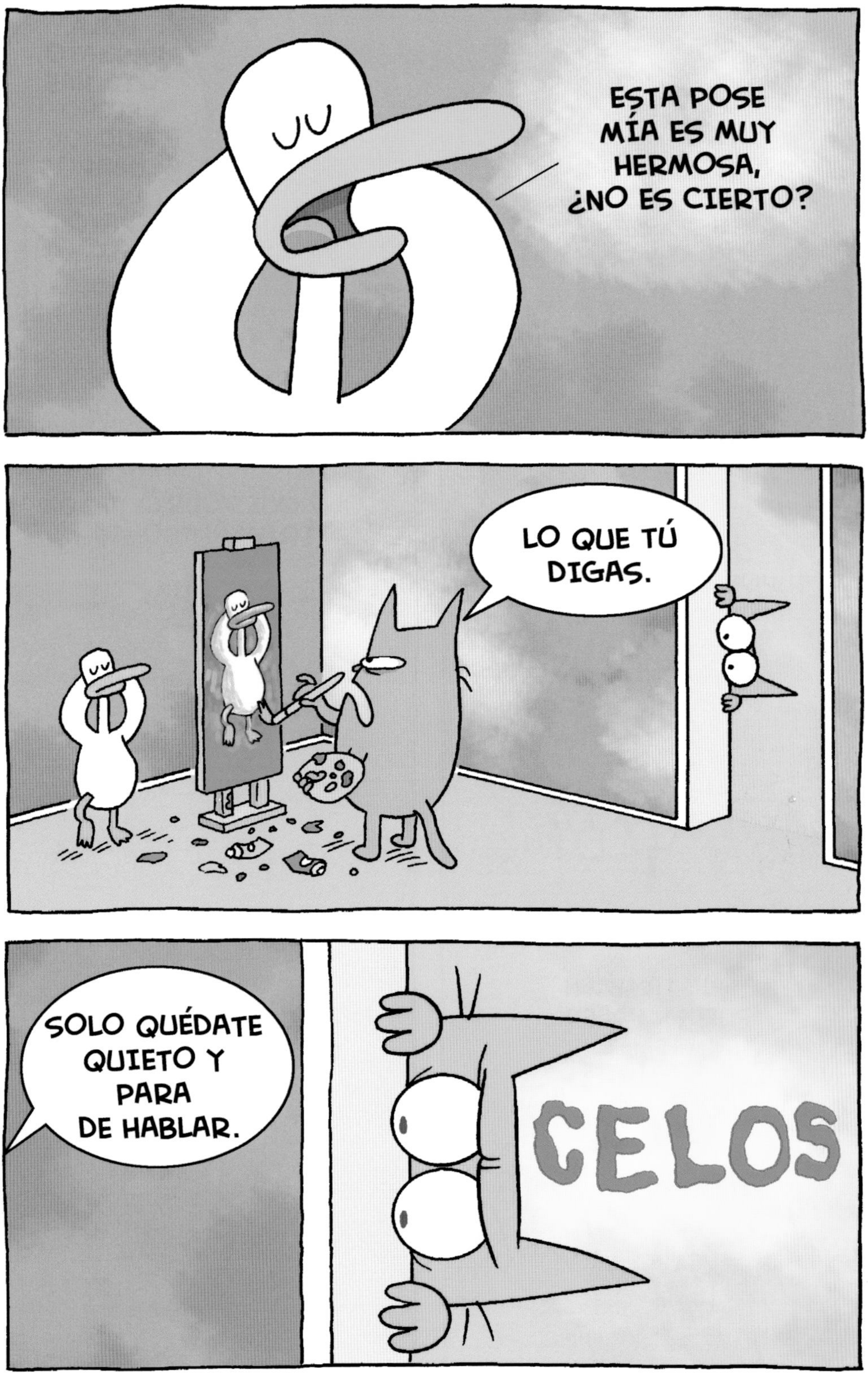
ESTA POSE MÍA ES MUY HERMOSA, ¿NO ES CIERTO?
LO QUE TÚ DIGAS.
SOLO QUÉDATE QUIETO Y PARA DE HABLAR.
CELOS

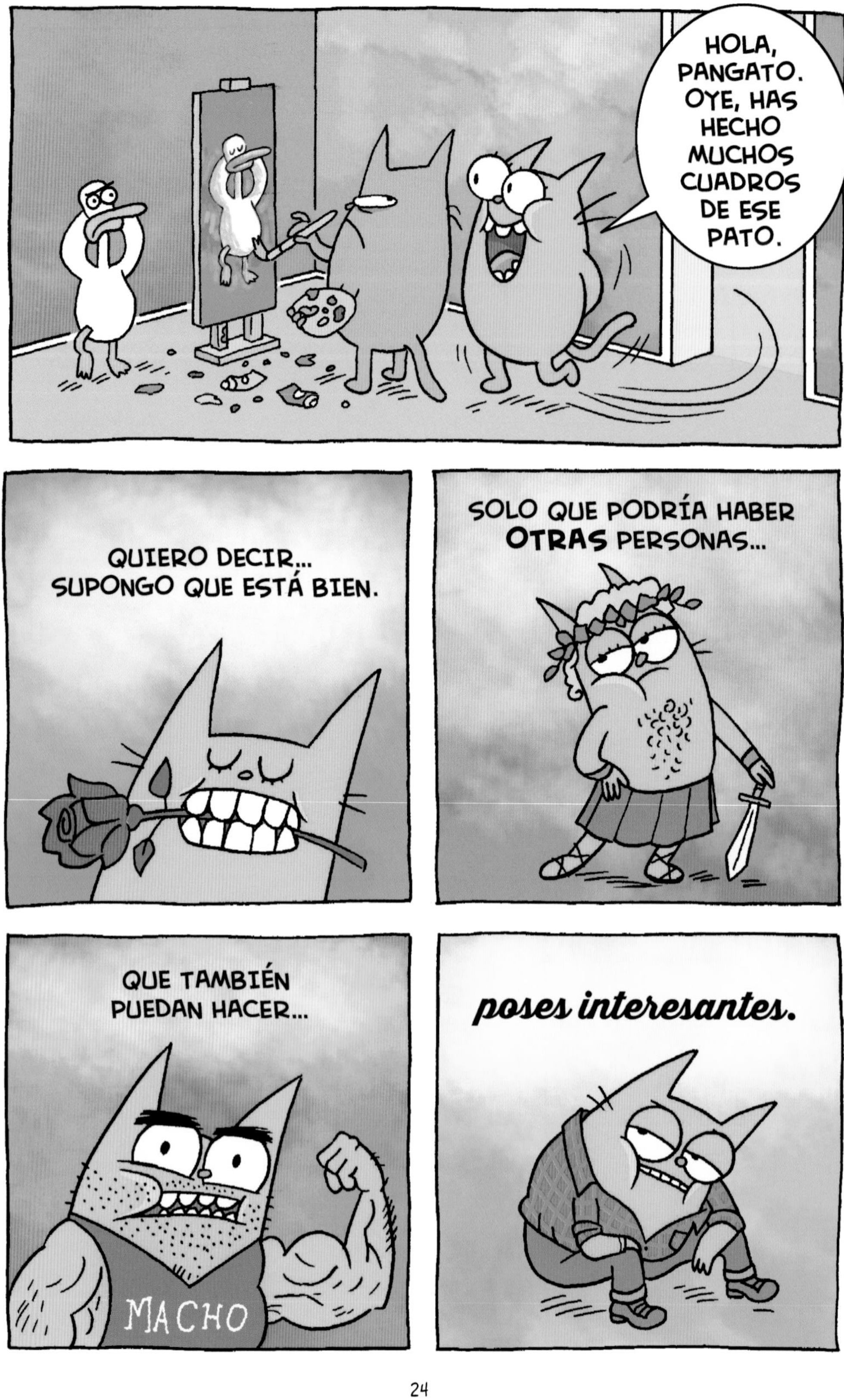
HOLA, PANGATO. OYE, HAS HECHO MUCHOS CUADROS DE ESE PATO.
QUIERO DECIR... SUPONGO QUE ESTÁ BIEN.
SOLO QUE PODRÍA HABER **OTRAS** PERSONAS...
QUE TAMBIÉN PUEDAN HACER...
MACHO
poses interesantes.

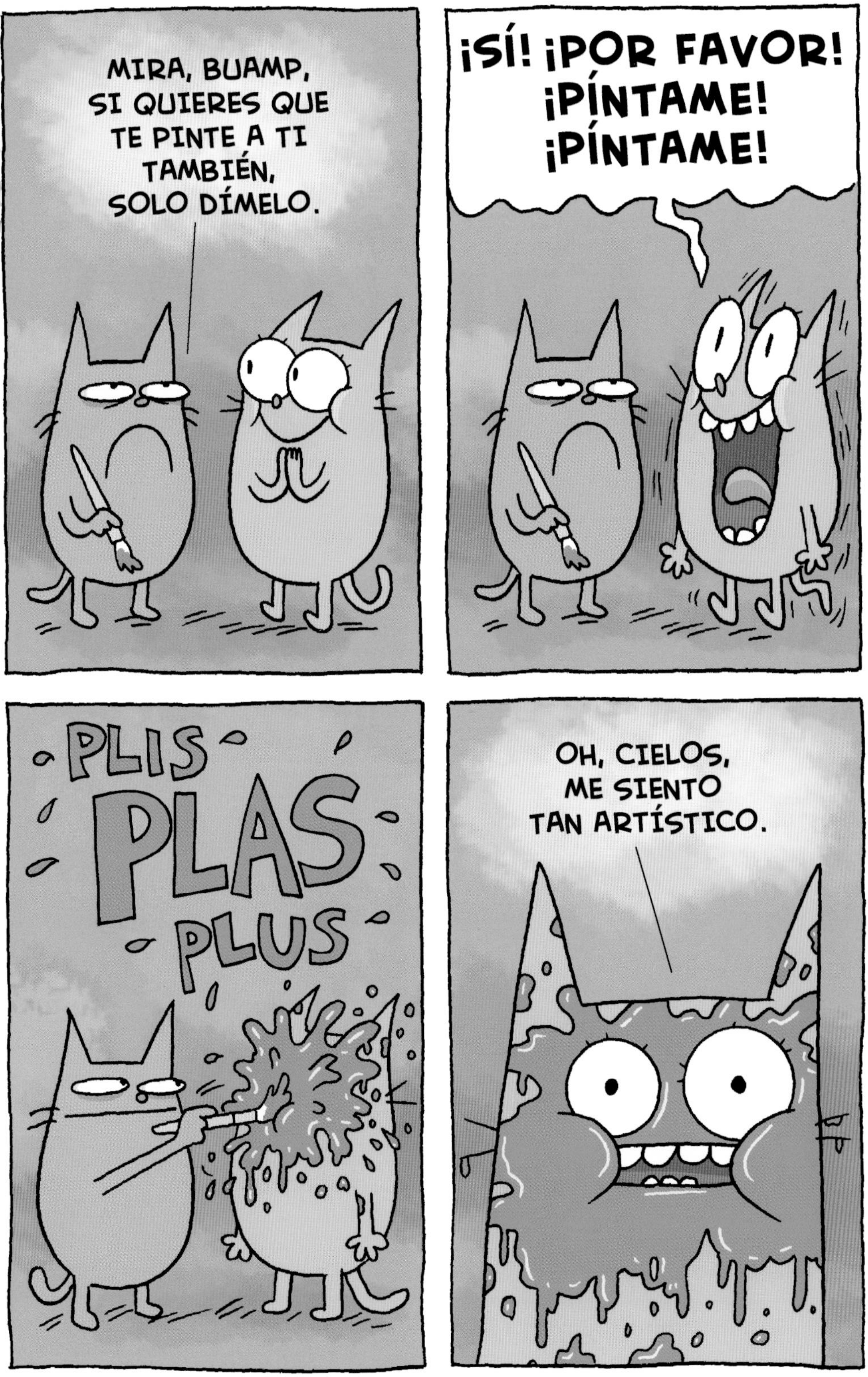
MIRA, BUAMP, SI QUIERES QUE TE PINTE A TI TAMBIÉN, SOLO DÍMELO.
¡SÍ! ¡POR FAVOR! ¡PÍNTAME! ¡PÍNTAME!
PLIS
PLAS
PLUS
OH, CIELOS, ME SIENTO TAN ARTÍSTICO.

ARTISTA

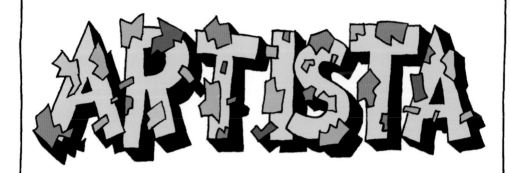

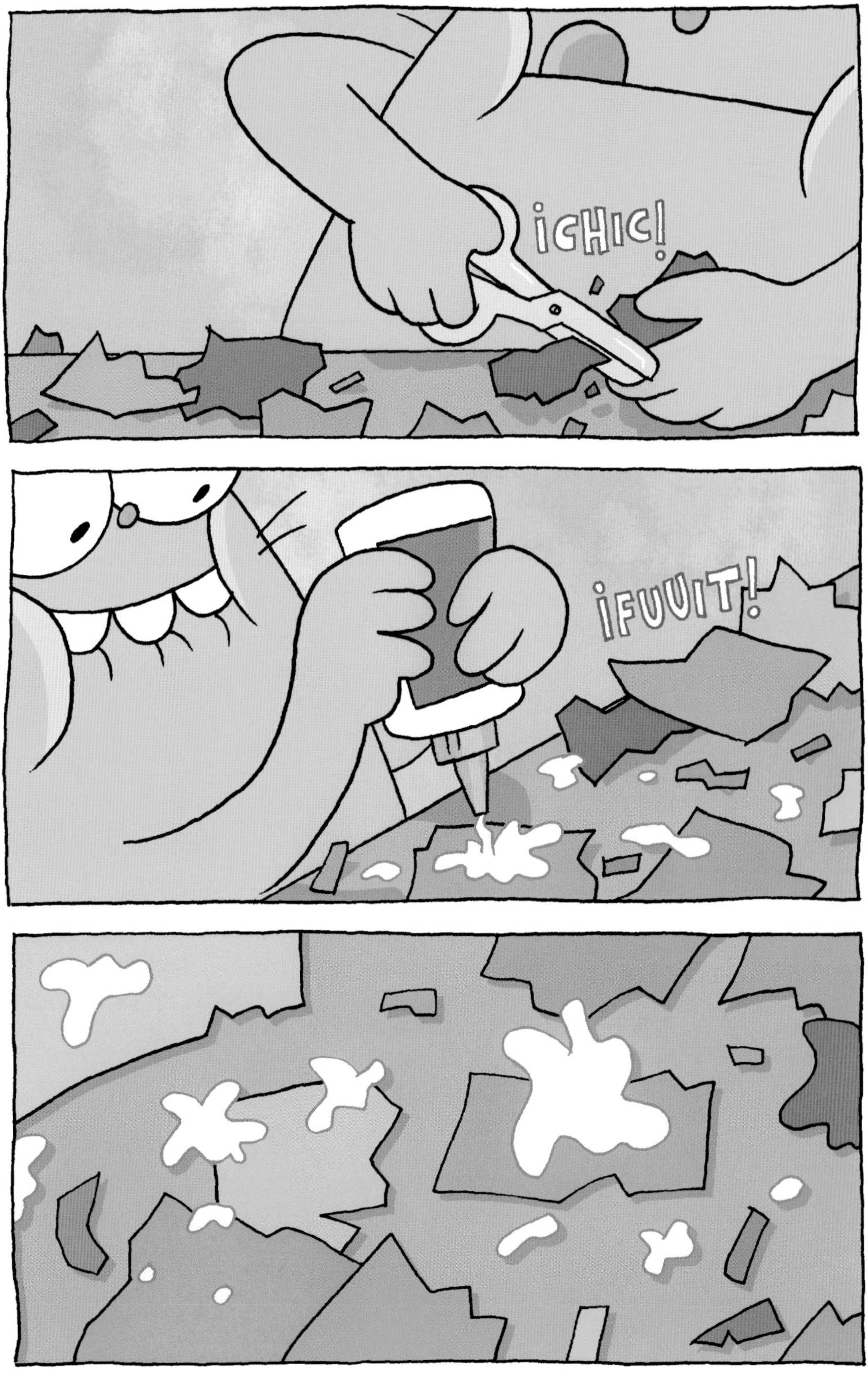
¡CHIC!
¡FUUIT!

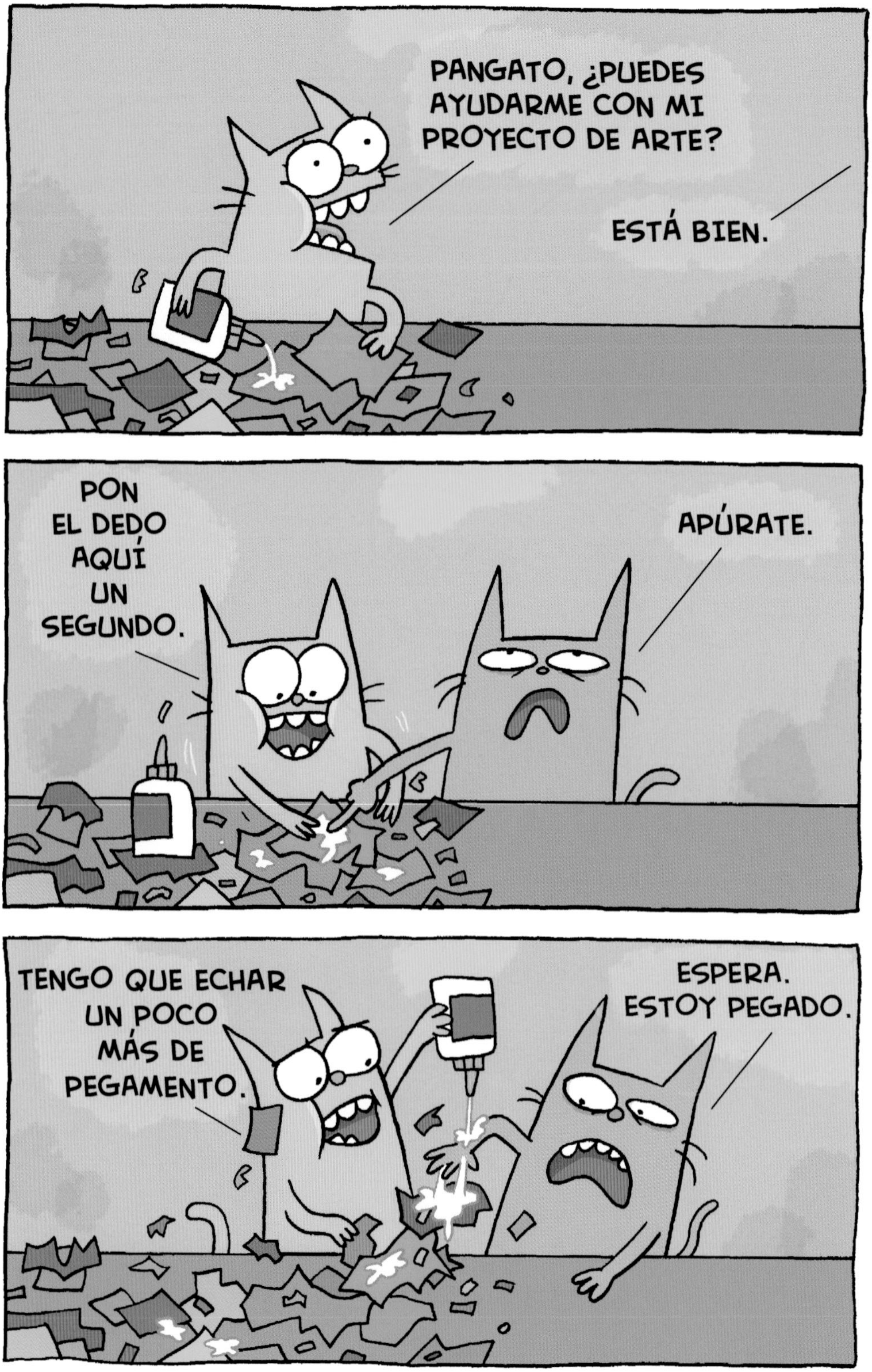
PANGATO, ¿PUEDES AYUDARME CON MI PROYECTO DE ARTE?
ESTÁ BIEN.
PON EL DEDO AQUÍ UN SEGUNDO.
APÚRATE.
TENGO QUE ECHAR UN POCO MÁS DE PEGAMENTO.
ESPERA. ESTOY PEGADO.

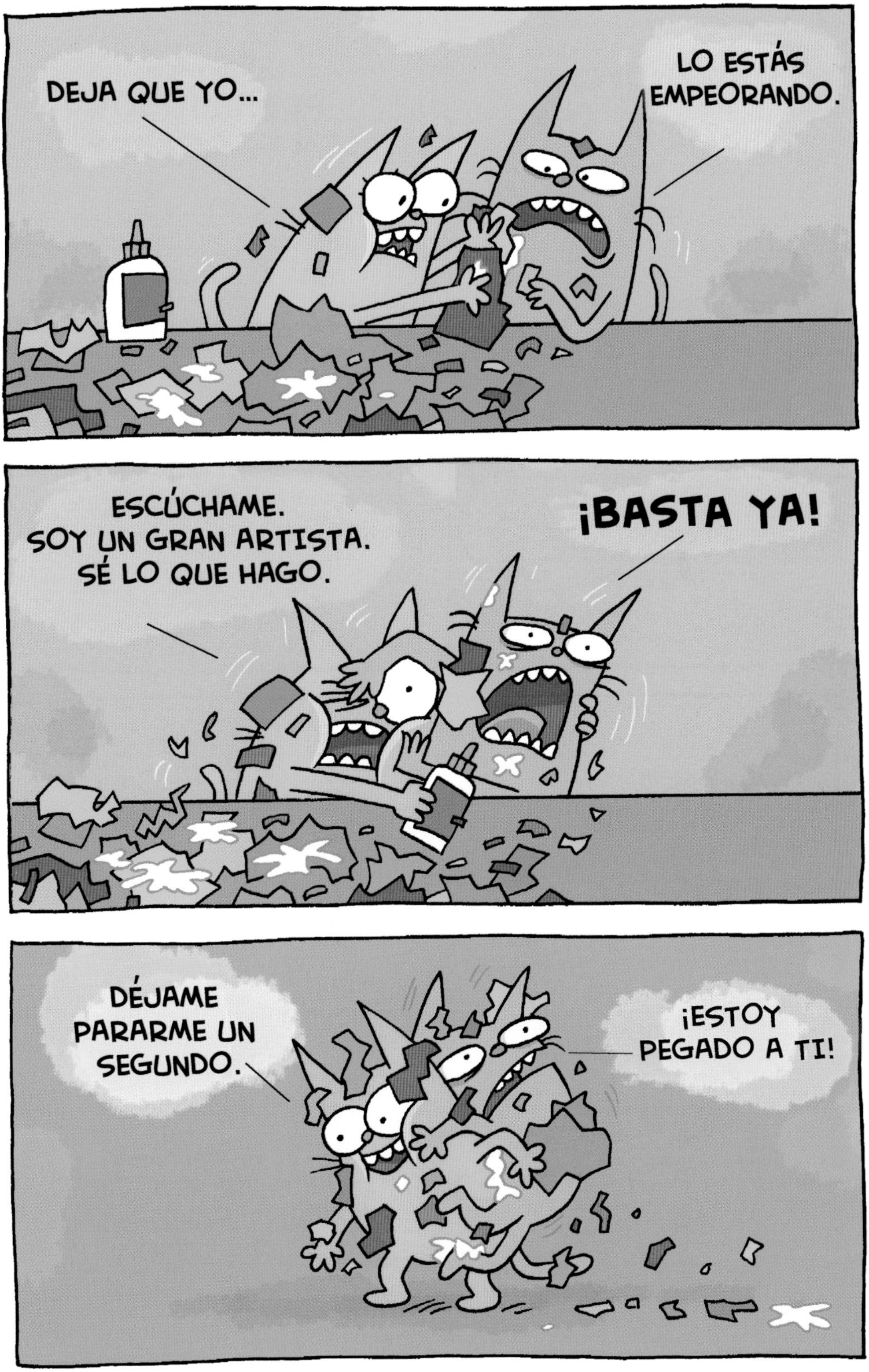
DEJA QUE YO...
LO ESTÁS EMPEORANDO.
ESCÚCHAME. SOY UN GRAN ARTISTA. SÉ LO QUE HAGO.
¡BASTA YA!
DÉJAME PARARME UN SEGUNDO.
¡ESTOY PEGADO A TI!

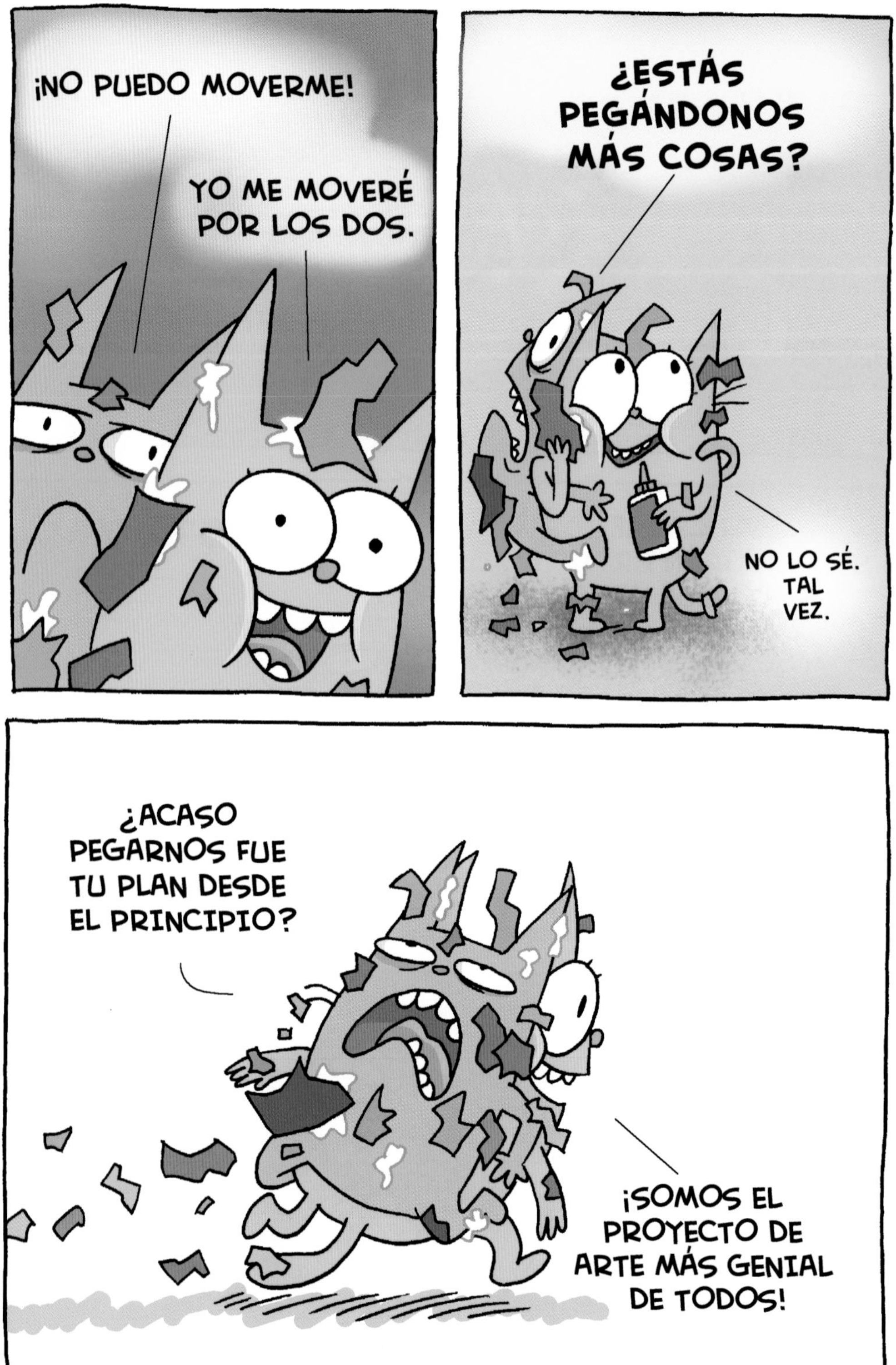

¡NO PUEDO MOVERME!
YO ME MOVERÉ POR LOS DOS.
¿ESTÁS PEGÁNDONOS MÁS COSAS?
NO LO SÉ. TAL VEZ.
¿ACASO PEGARNOS FUE TU PLAN DESDE EL PRINCIPIO?
¡SOMOS EL PROYECTO DE ARTE MÁS GENIAL DE TODOS!

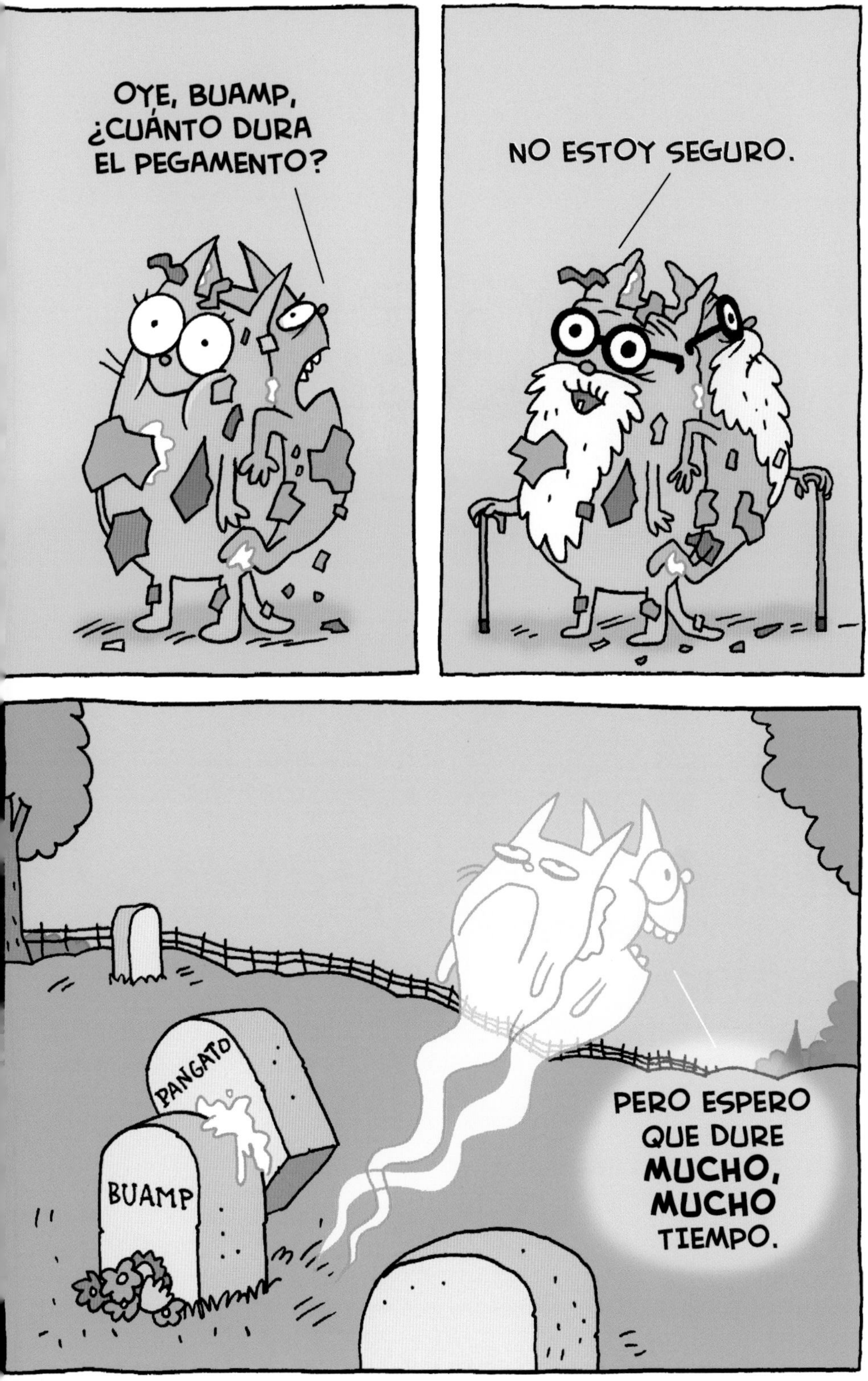
OYE, BUAMP,
¿CUÁNTO DURA
EL PEGAMENTO?
NO ESTOY SEGURO.
PANGATO
BUAMP
PERO ESPERO
QUE DURE
**MUCHO,
MUCHO**
TIEMPO.

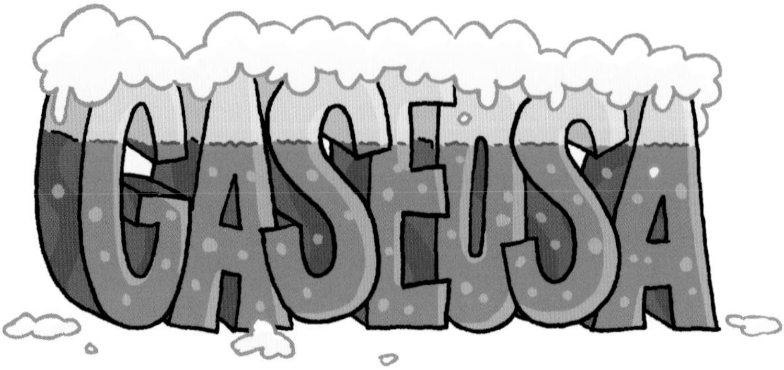
GASEOSA

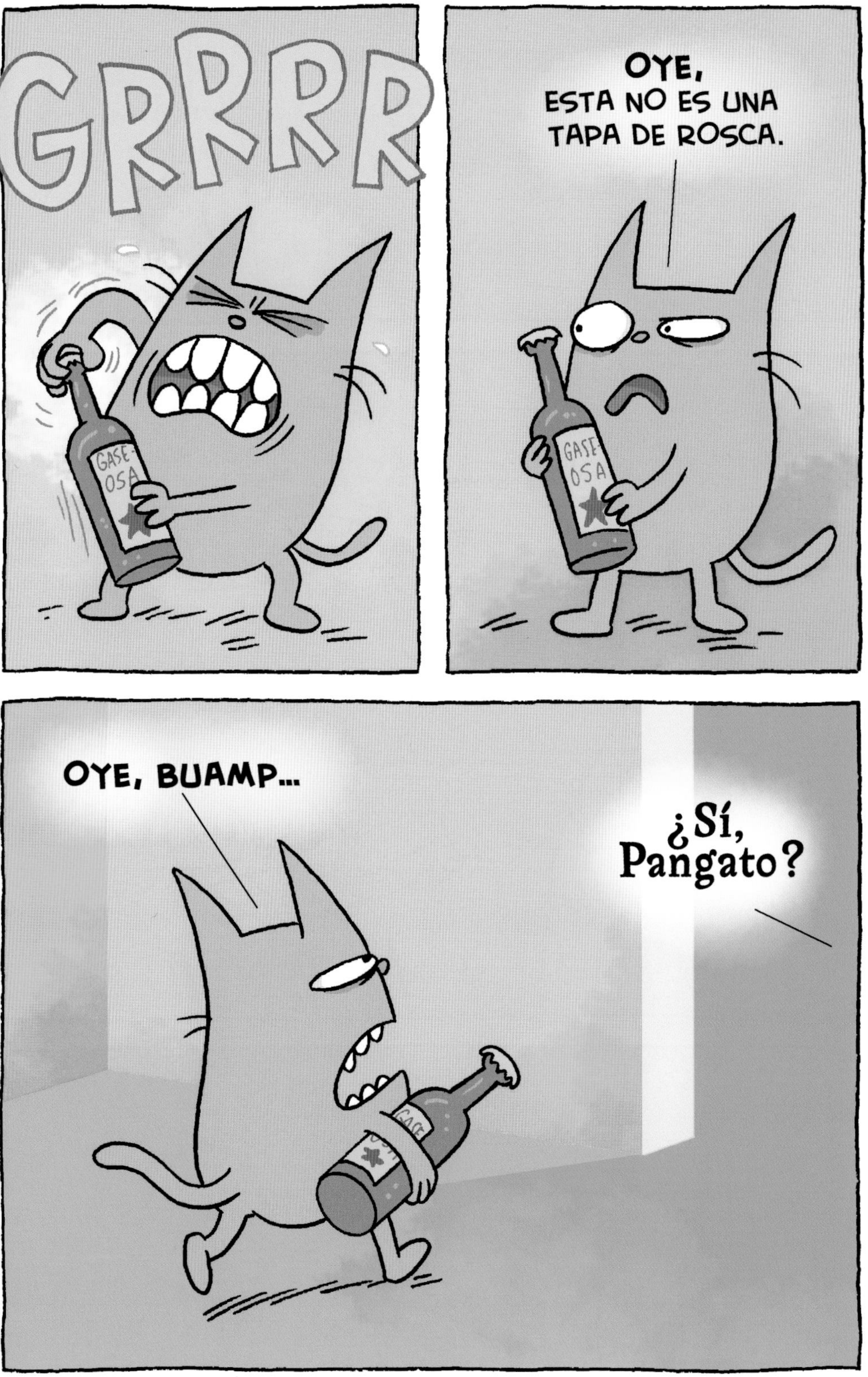
GRRRR
GASE-OSA
OYE,
ESTA NO ES UNA TAPA DE ROSCA.
GASE OSA
OYE, BUAMP...
¿Sí, Pangato?

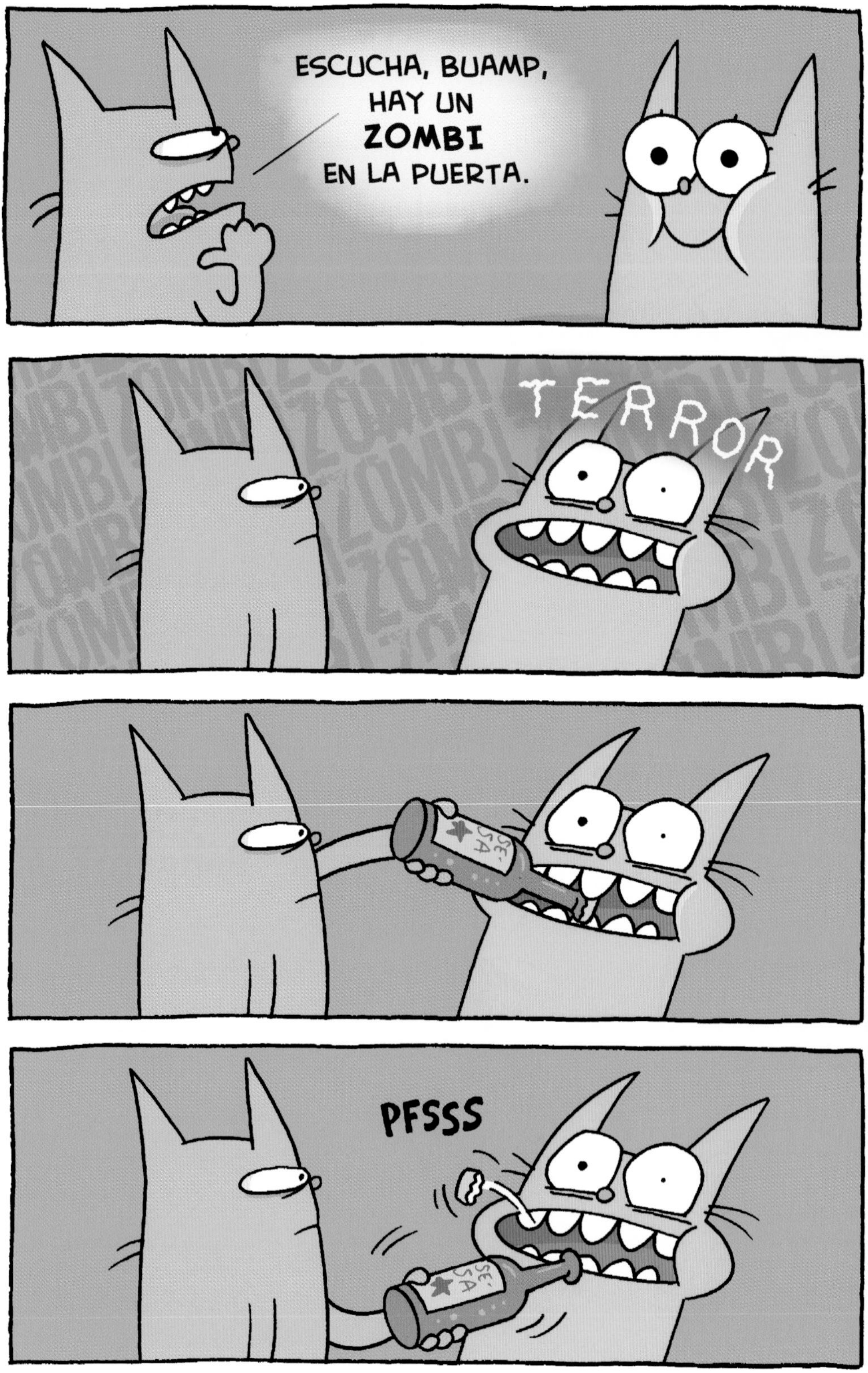
ESCUCHA, BUAMP, HAY UN **ZOMBI** EN LA PUERTA.
TERROR
PFSSS

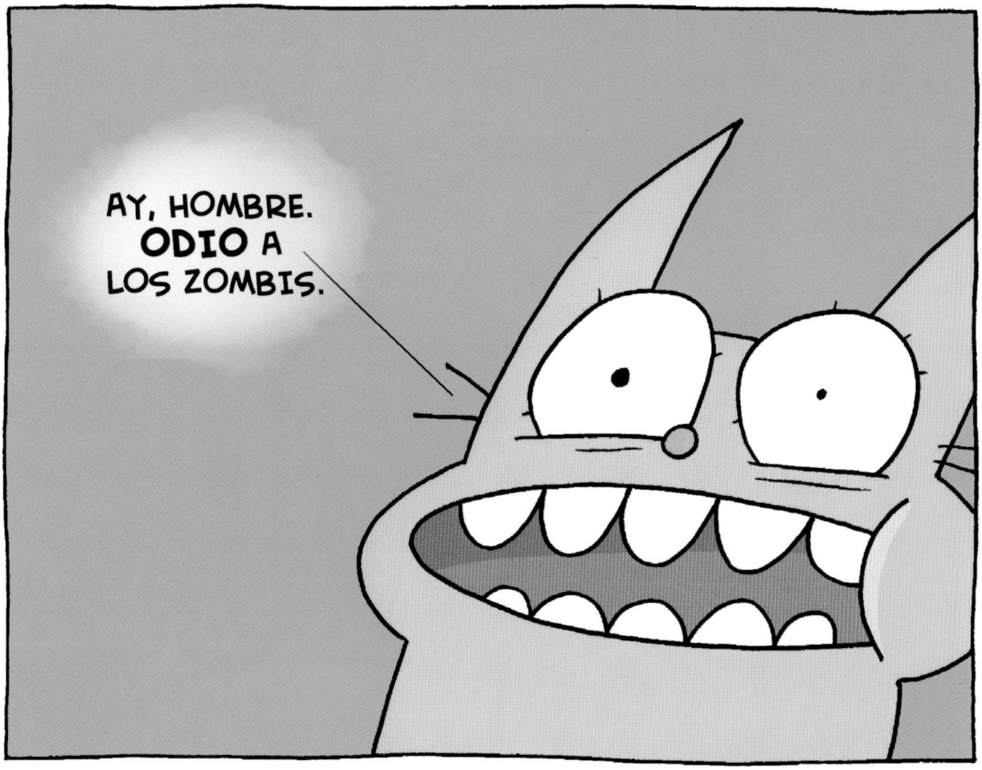
AY, HOMBRE. **ODIO** A LOS ZOMBIS.

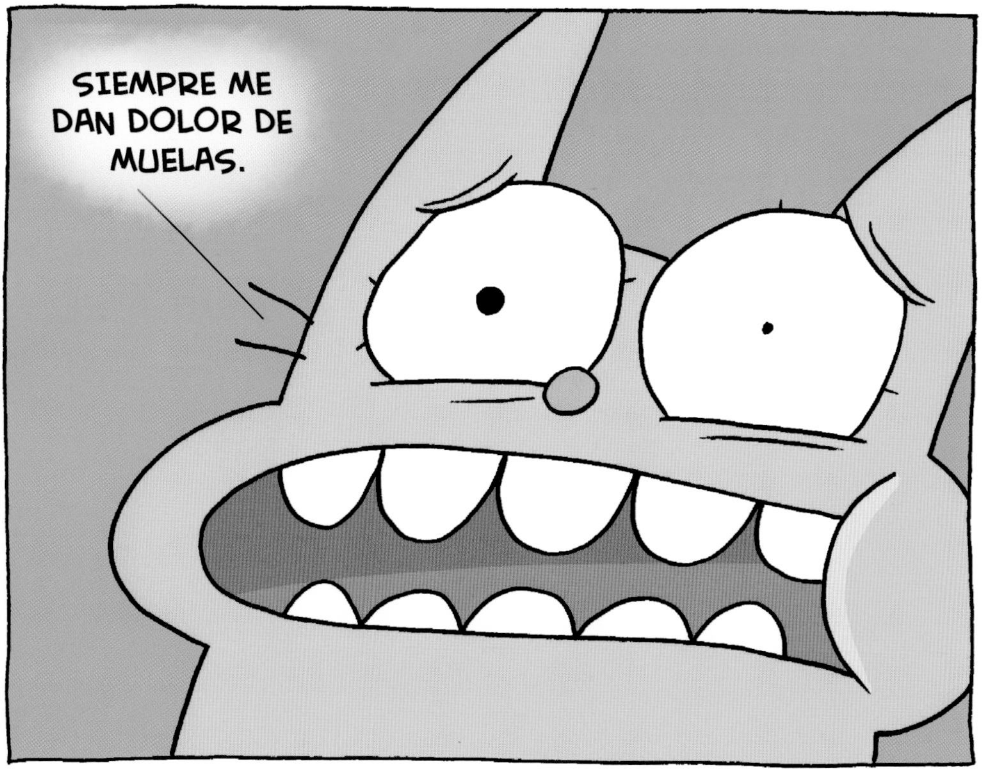
SIEMPRE ME DAN DOLOR DE MUELAS.

PESCADOS

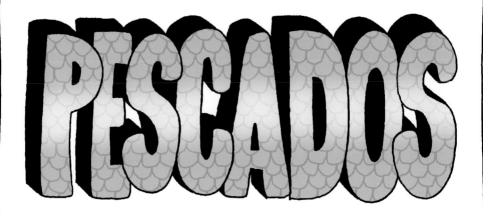

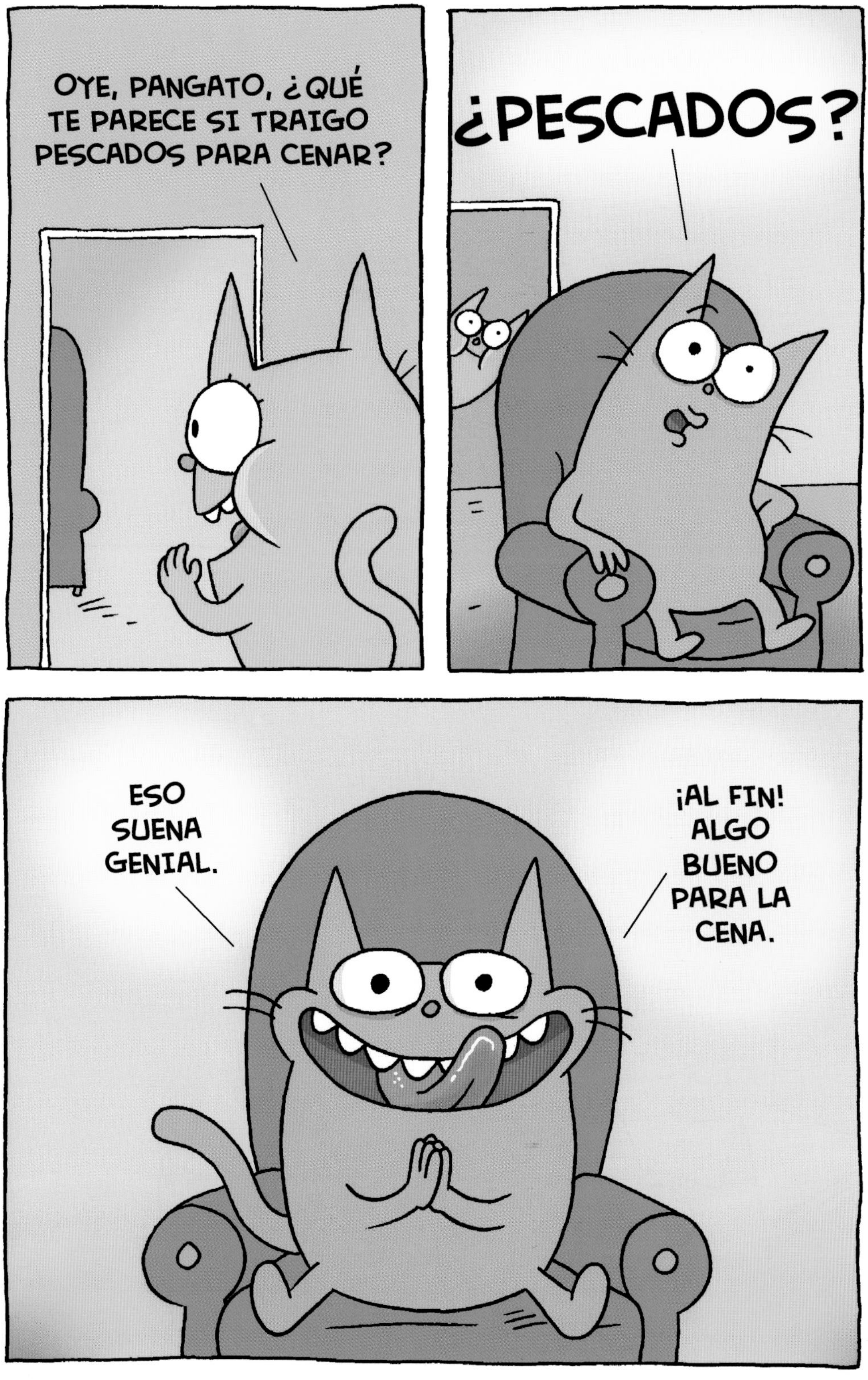
OYE, PANGATO, ¿QUÉ TE PARECE SI TRAIGO PESCADOS PARA CENAR?
¿PESCADOS?
ESO SUENA GENIAL.
¡AL FIN! ALGO BUENO PARA LA CENA.

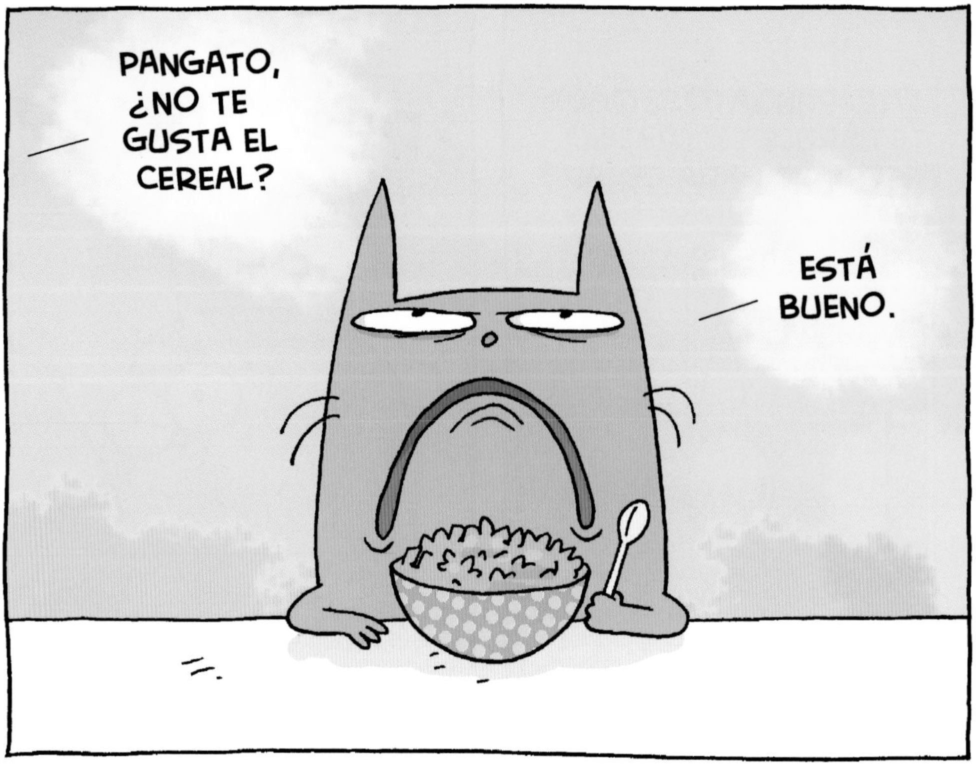
PANGATO, ¿NO TE GUSTA EL CEREAL?
ESTÁ BUENO.

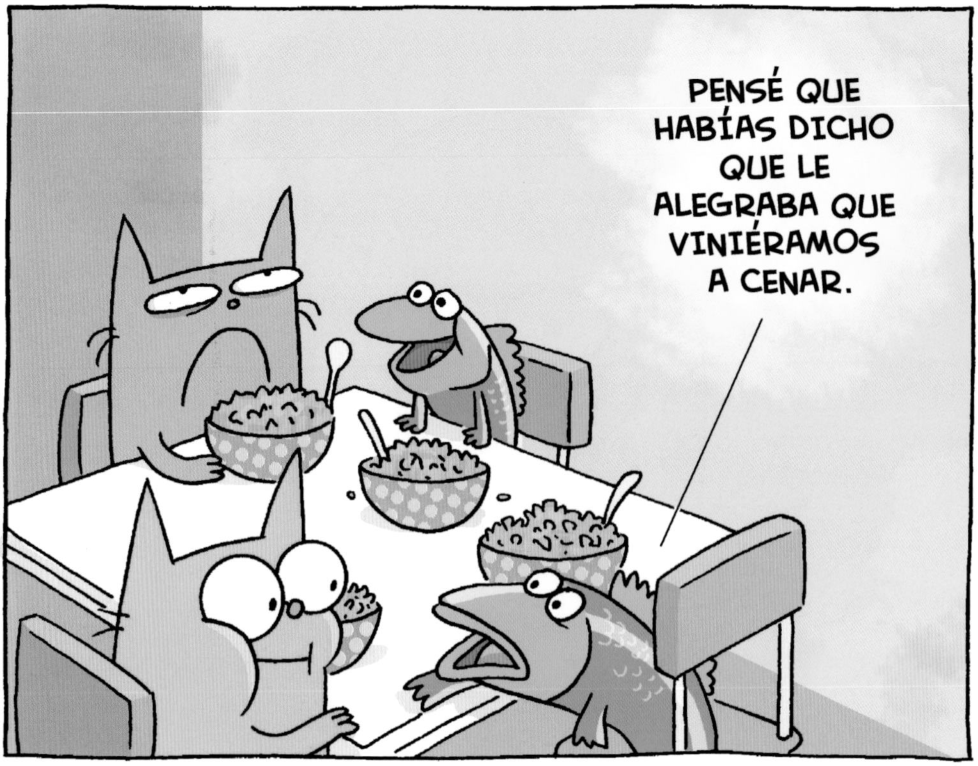
PENSÉ QUE HABÍAS DICHO QUE LE ALEGRABA QUE VINIÉRAMOS A CENAR.

¿NO ES ESTO DIVERTIDO, SR. PANGATO?

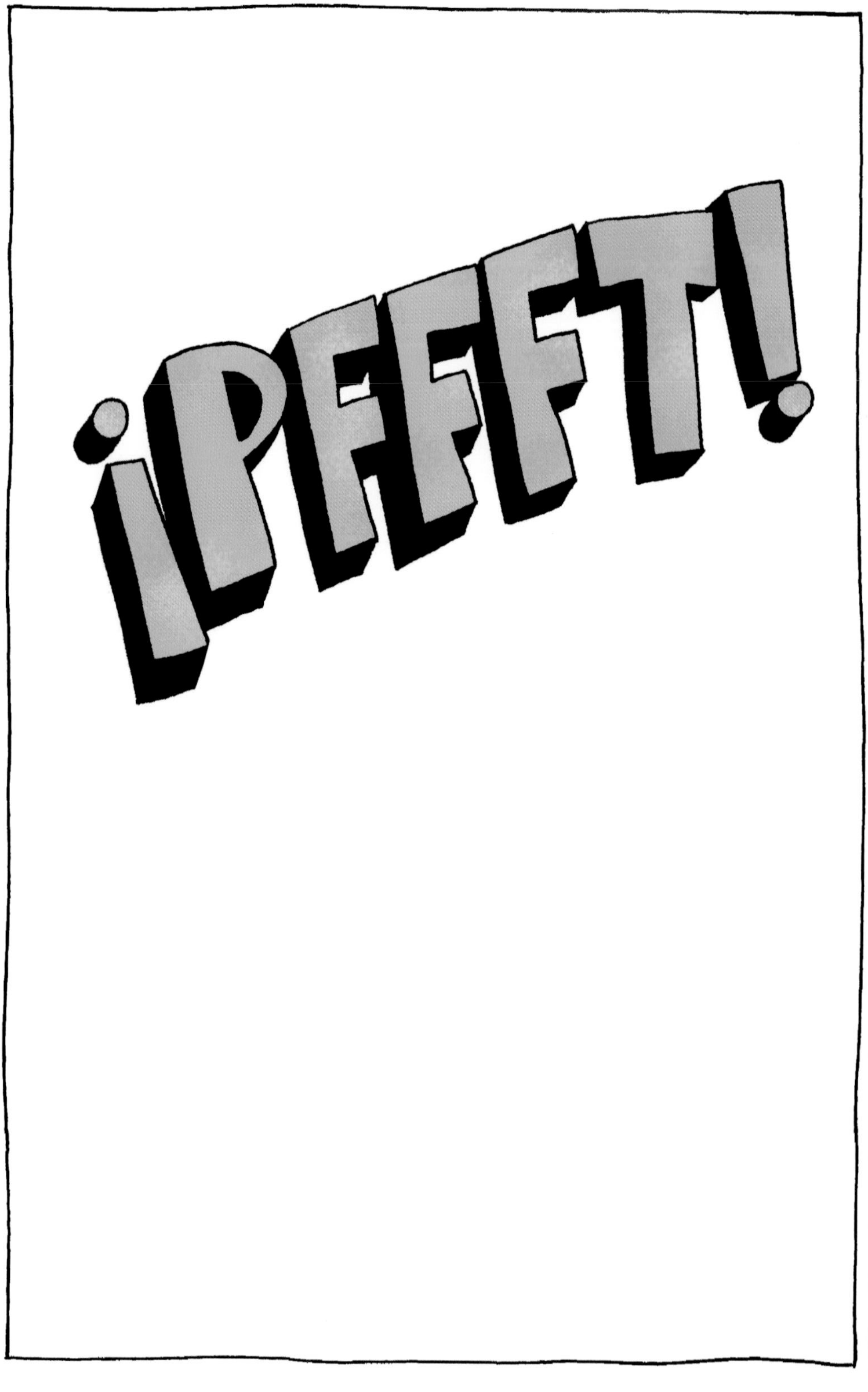
¡PFFFT!

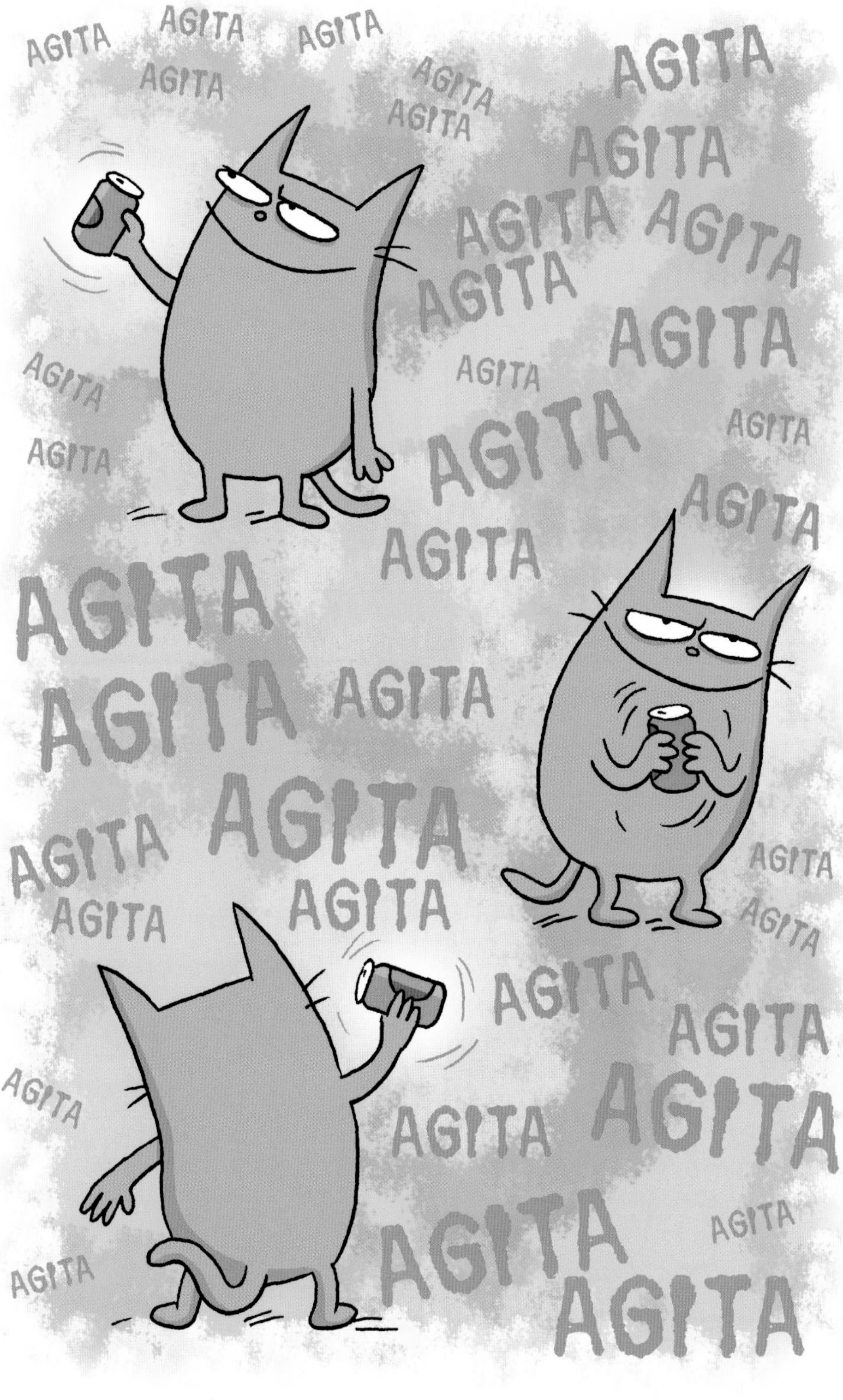
AGITA
AGITA
AGITA
AGITA
AGITA
AGITA
AGITA
AGITA
AGITA
AGITA
AGITA
AGITA
AGITA
AGITA
AGITA
AGITA
AGITA
AGITA
AGITA
AGITA
AGITA
AGITA
AGITA
AGITA
AGITA
AGITA
AGITA
AGITA
AGITA
AGITA
AGITA
AGITA
AGITA
AGITA
AGITA
AGITA
AGITA

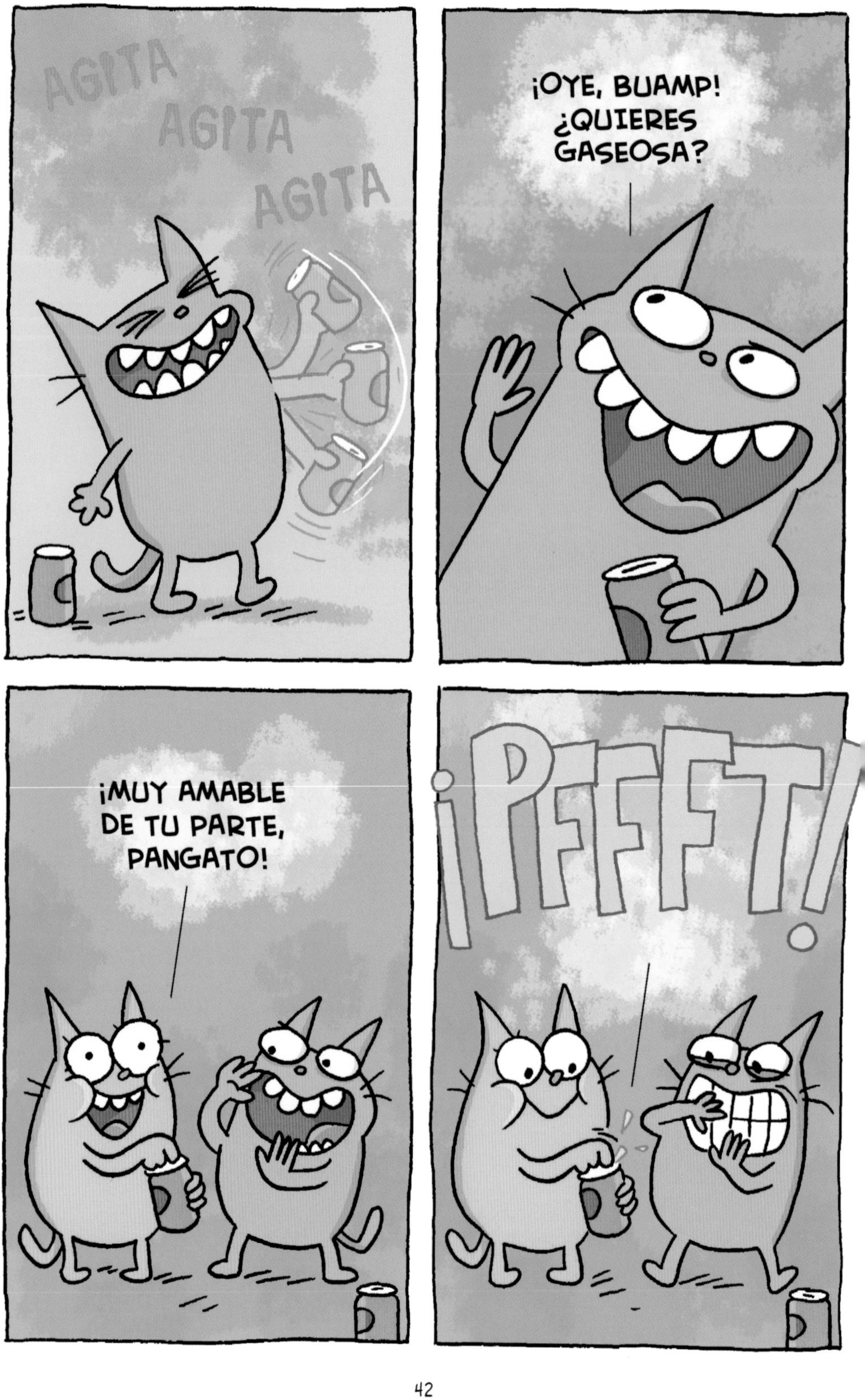
AGITA
AGITA
AGITA
¡OYE, BUAMP! ¿QUIERES GASEOSA?
¡MUY AMABLE DE TU PARTE, PANGATO!
¡PFFFT!

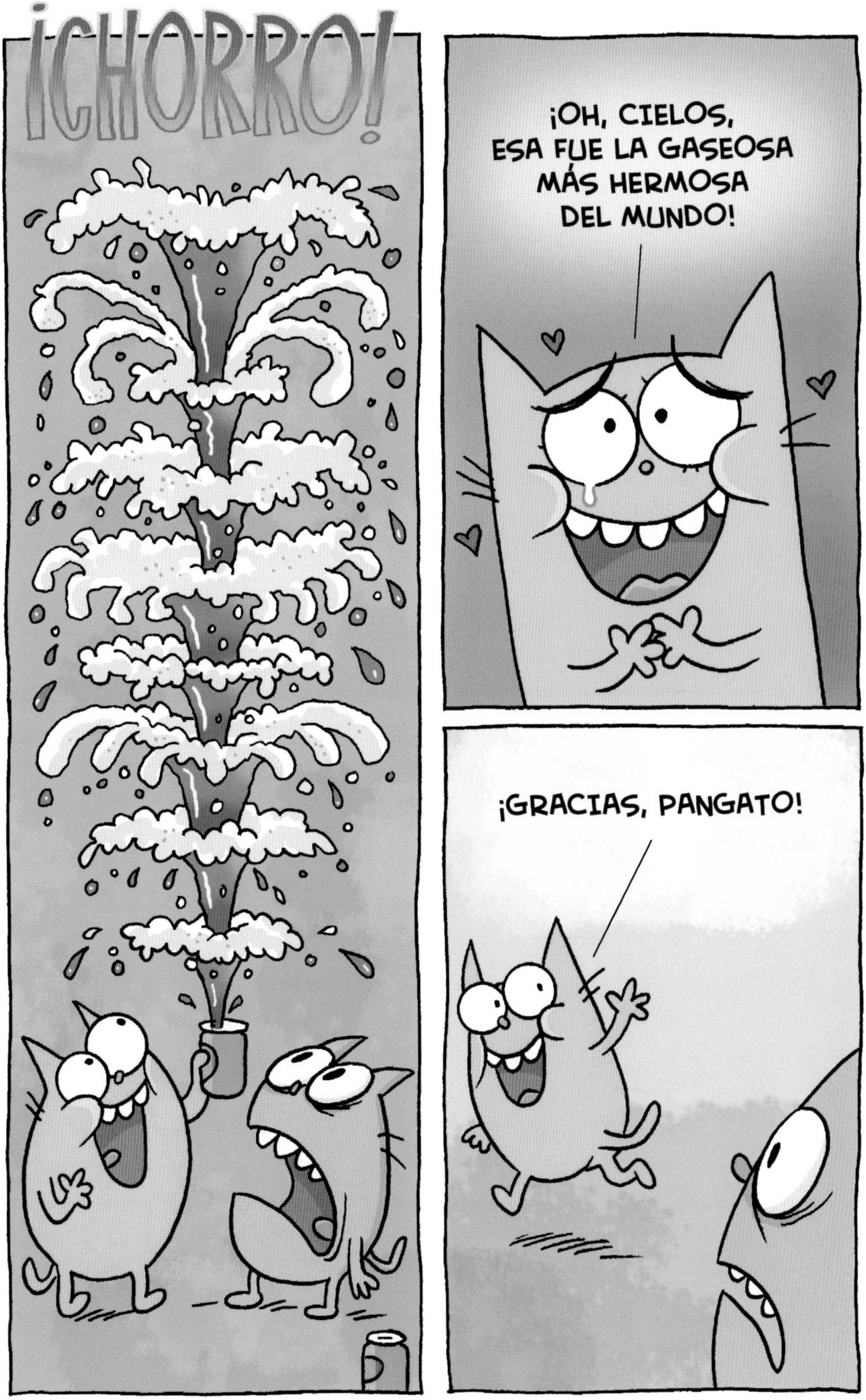
¡CHORRO!
¡OH, CIELOS, ESA FUE LA GASEOSA MÁS HERMOSA DEL MUNDO!
¡GRACIAS, PANGATO!

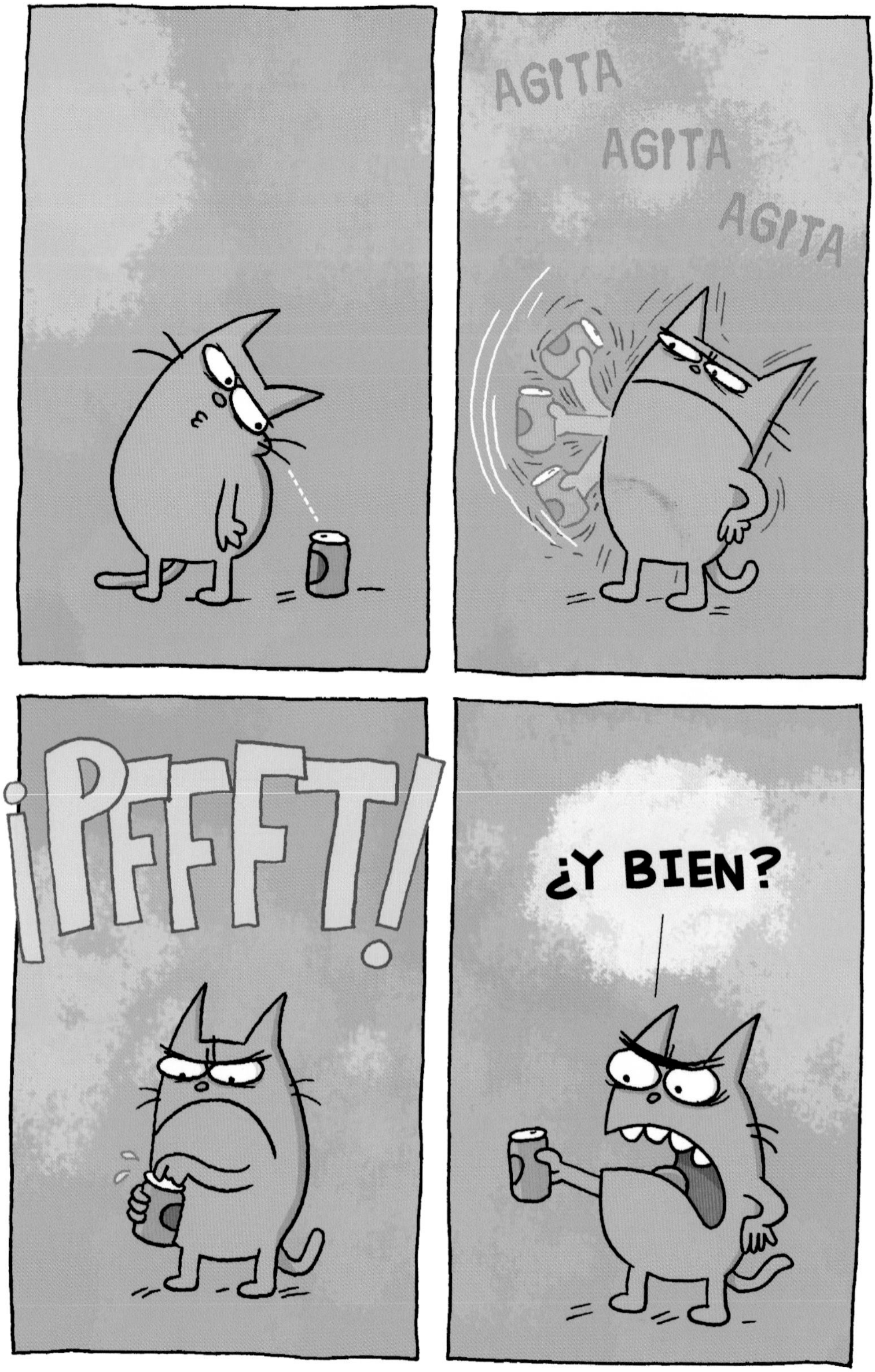
AGITA
AGITA
AGITA
¡PFFFT!
¿Y BIEN?

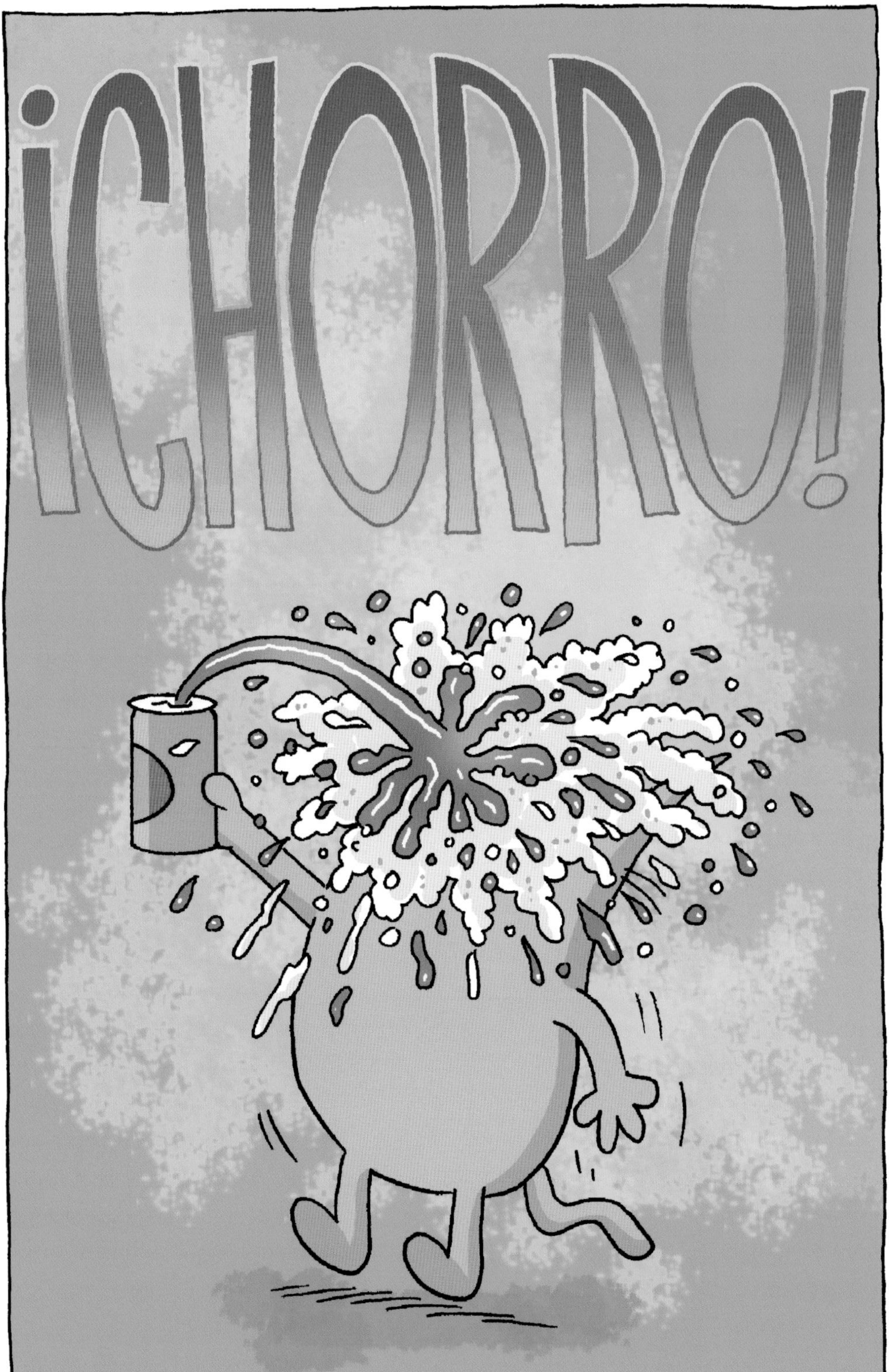
¡CHORRO!

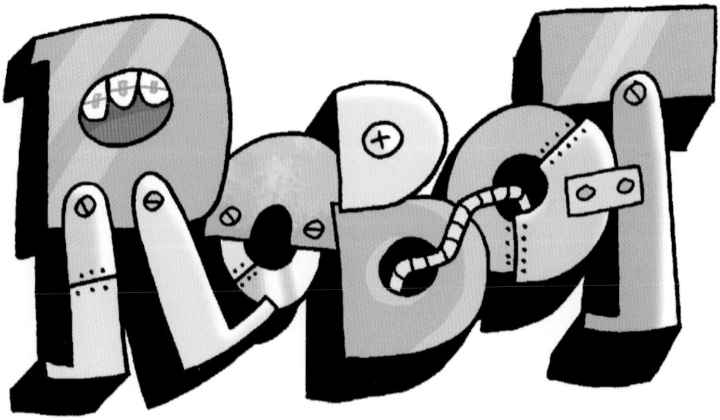
ROBOT

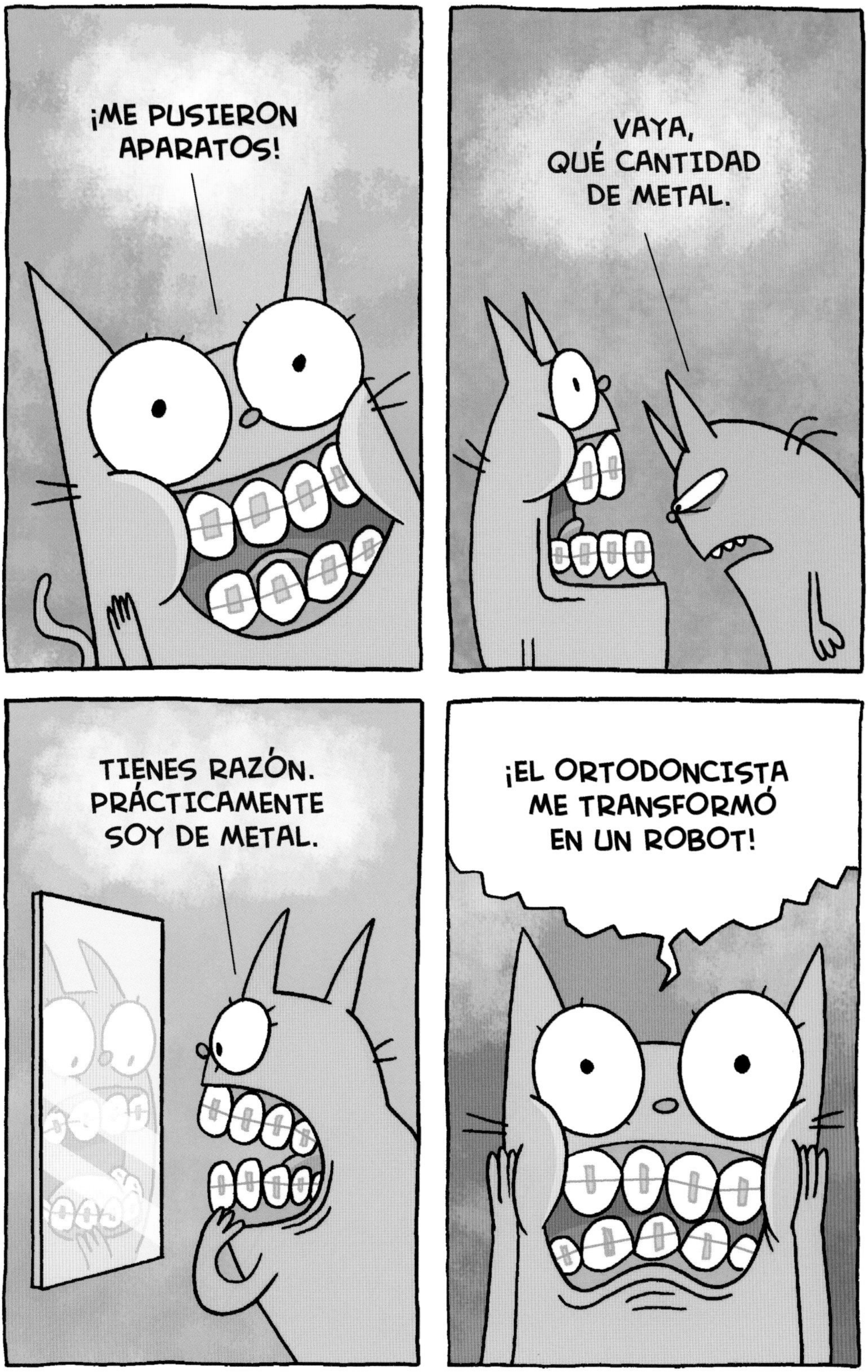
¡ME PUSIERON APARATOS!
VAYA, QUÉ CANTIDAD DE METAL.
TIENES RAZÓN. PRÁCTICAMENTE SOY DE METAL.
¡EL ORTODONCISTA ME TRANSFORMÓ EN UN ROBOT!

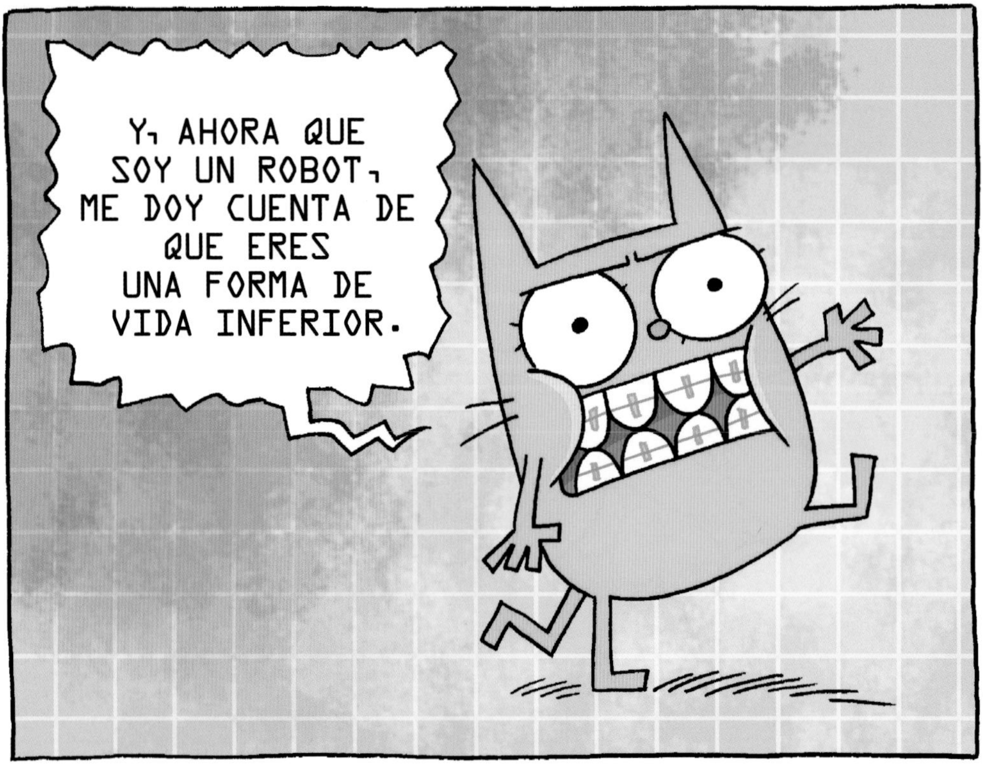
Y, AHORA QUE SOY UN ROBOT, ME DOY CUENTA DE QUE ERES UNA FORMA DE VIDA INFERIOR.

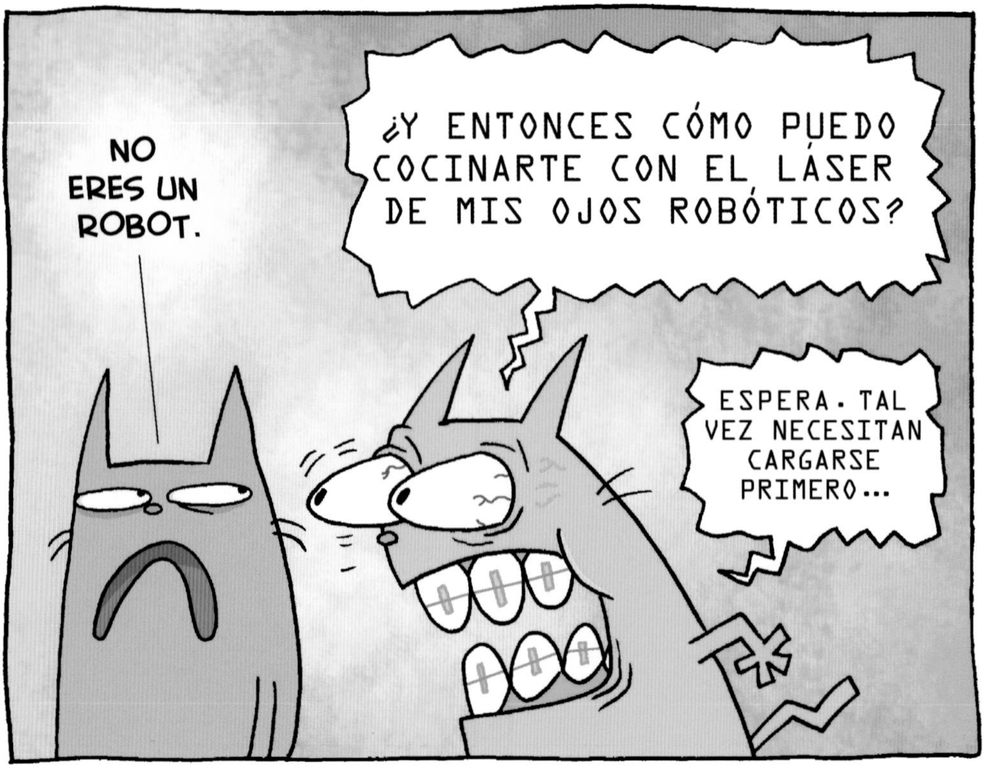
NO ERES UN ROBOT.
¿Y ENTONCES CÓMO PUEDO COCINARTE CON EL LÁSER DE MIS OJOS ROBÓTICOS?
ESPERA. TAL VEZ NECESITAN CARGARSE PRIMERO...

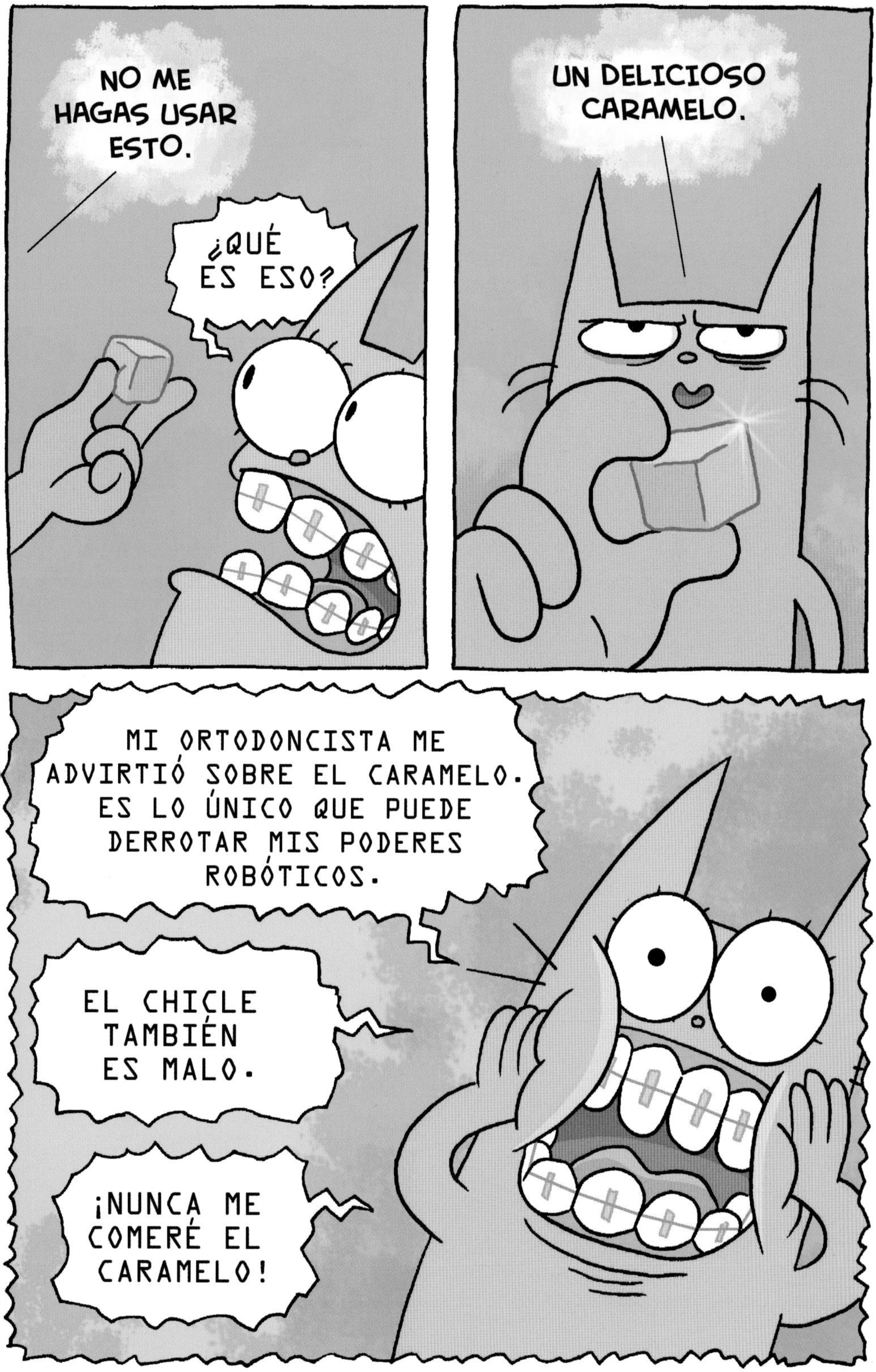
NO ME HAGAS USAR ESTO.
¿QUÉ ES ESO?
UN DELICIOSO CARAMELO.
MI ORTODONCISTA ME ADVIRTIÓ SOBRE EL CARAMELO. ES LO ÚNICO QUE PUEDE DERROTAR MIS PODERES ROBÓTICOS.
EL CHICLE TAMBIÉN ES MALO.
¡NUNCA ME COMERÉ EL CARAMELO!

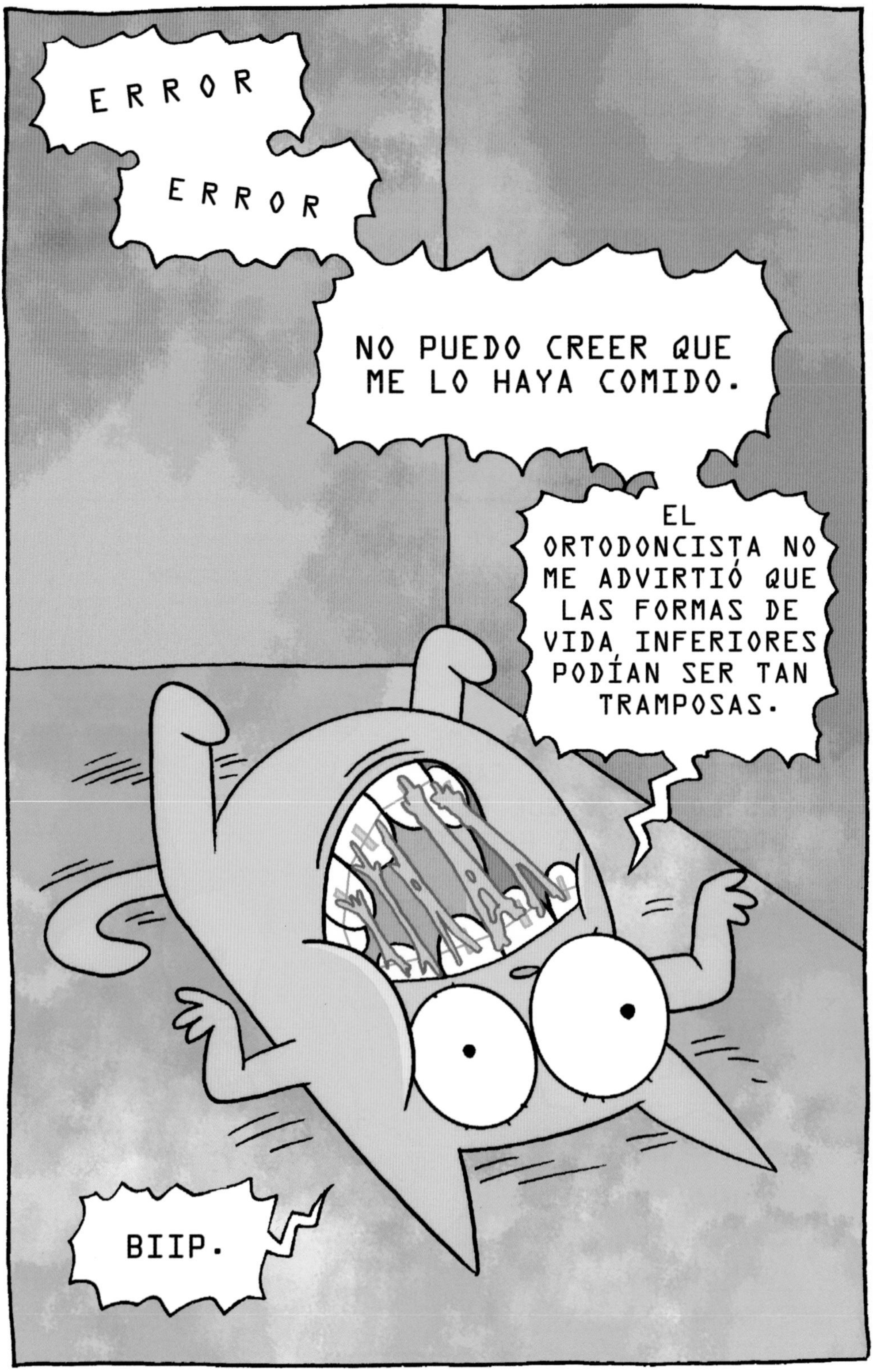
ERROR
ERROR
NO PUEDO CREER QUE ME LO HAYA COMIDO.
EL ORTODONCISTA NO ME ADVIRTIÓ QUE LAS FORMAS DE VIDA INFERIORES PODÍAN SER TAN TRAMPOSAS.
BIIP.

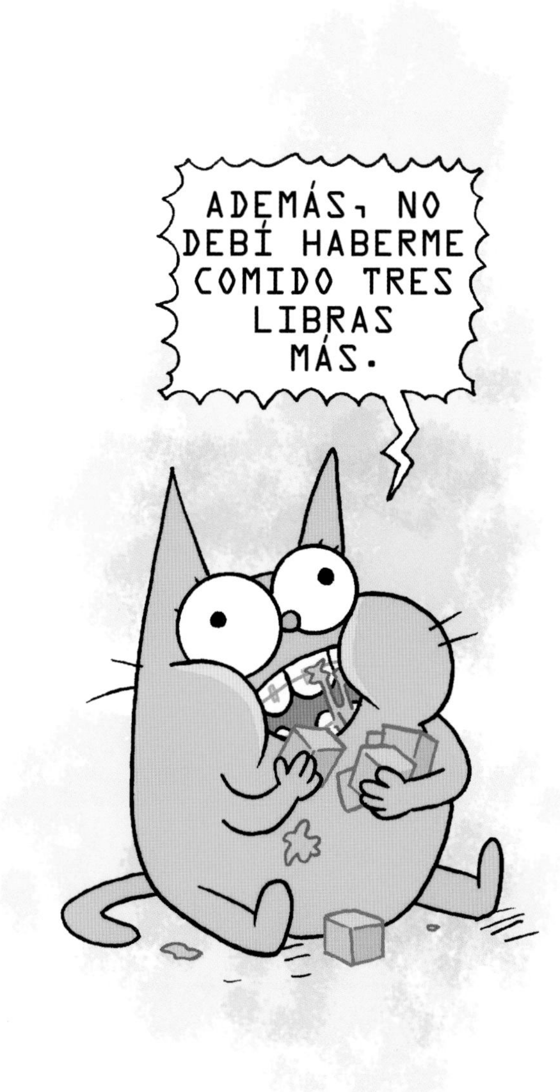
ADEMÁS, NO DEBÍ HABERME COMIDO TRES LIBRAS MÁS.

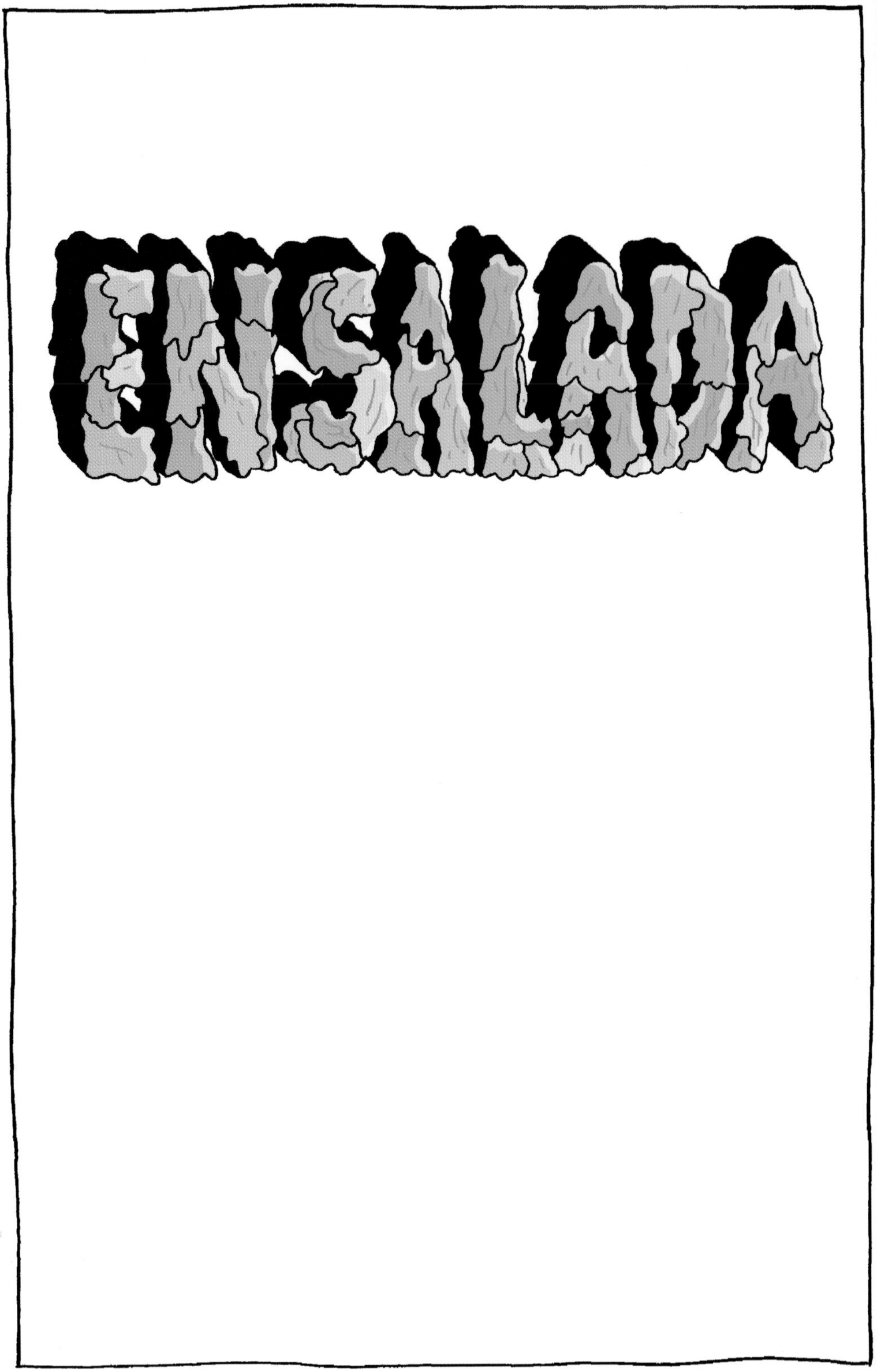
ENSALADA

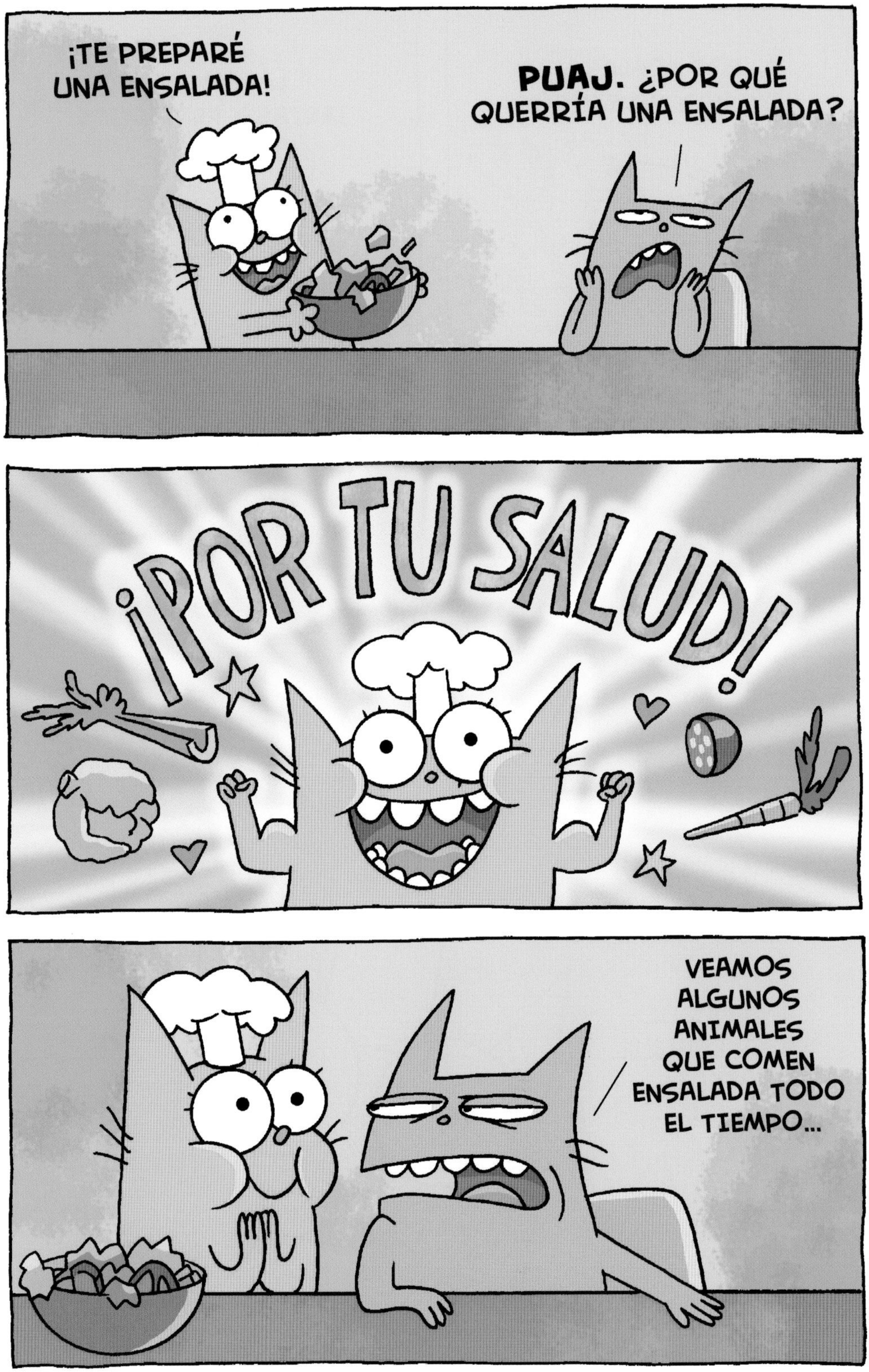
¡TE PREPARÉ UNA ENSALADA!
PUAJ. ¿POR QUÉ QUERRÍA UNA ENSALADA?
¡POR TU SALUD!
VEAMOS ALGUNOS ANIMALES QUE COMEN ENSALADA TODO EL TIEMPO...

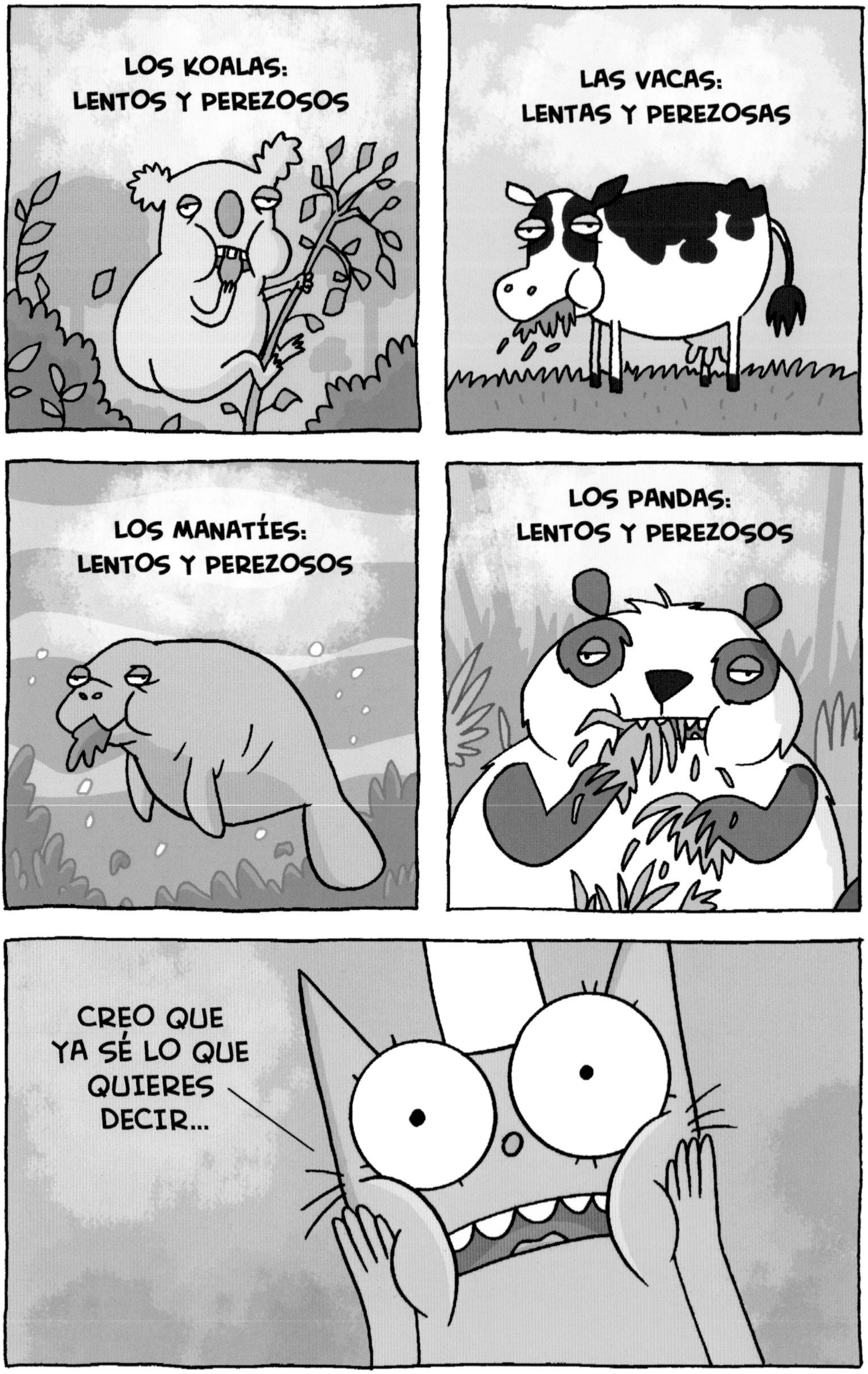
LOS KOALAS:
LENTOS Y PEREZOSOS
LAS VACAS:
LENTAS Y PEREZOSAS
LOS MANATÍES:
LENTOS Y PEREZOSOS
LOS PANDAS:
LENTOS Y PEREZOSOS
CREO QUE YA SÉ LO QUE QUIERES DECIR...

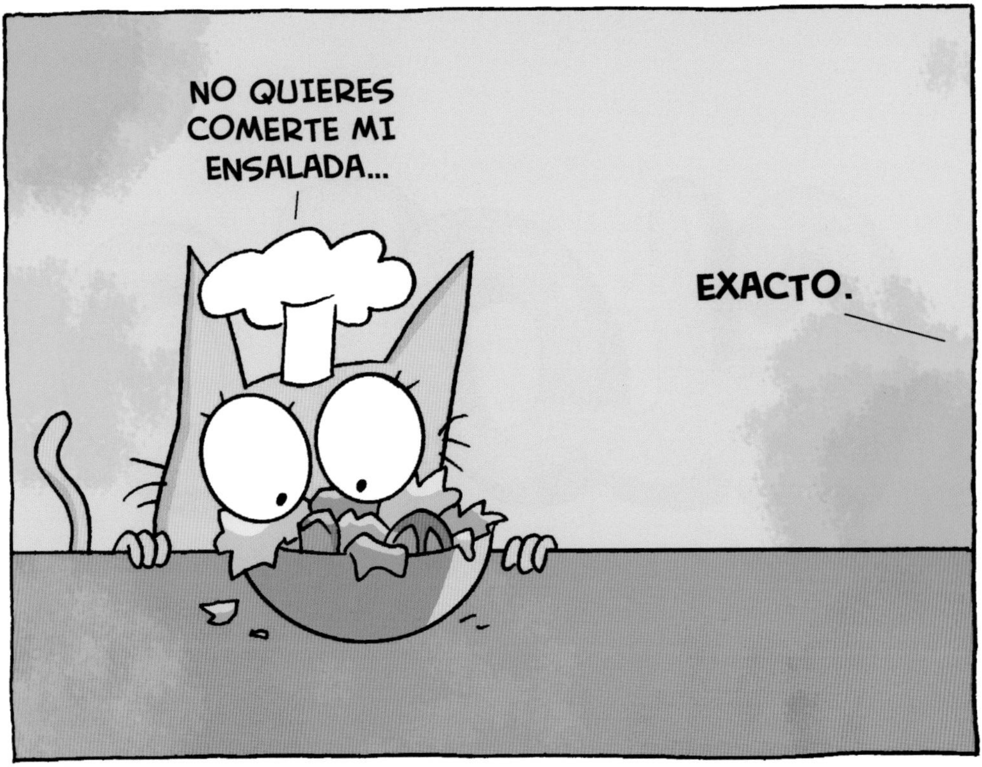
NO QUIERES COMERTE MI ENSALADA...
EXACTO.

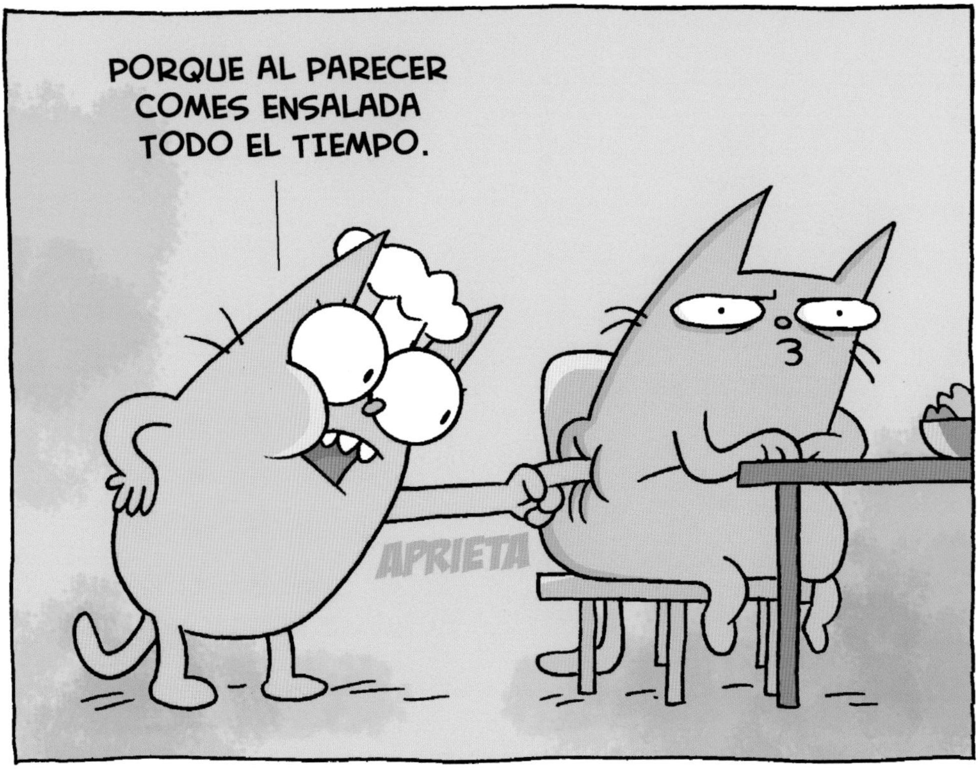
PORQUE AL PARECER COMES ENSALADA TODO EL TIEMPO.
APRIETA

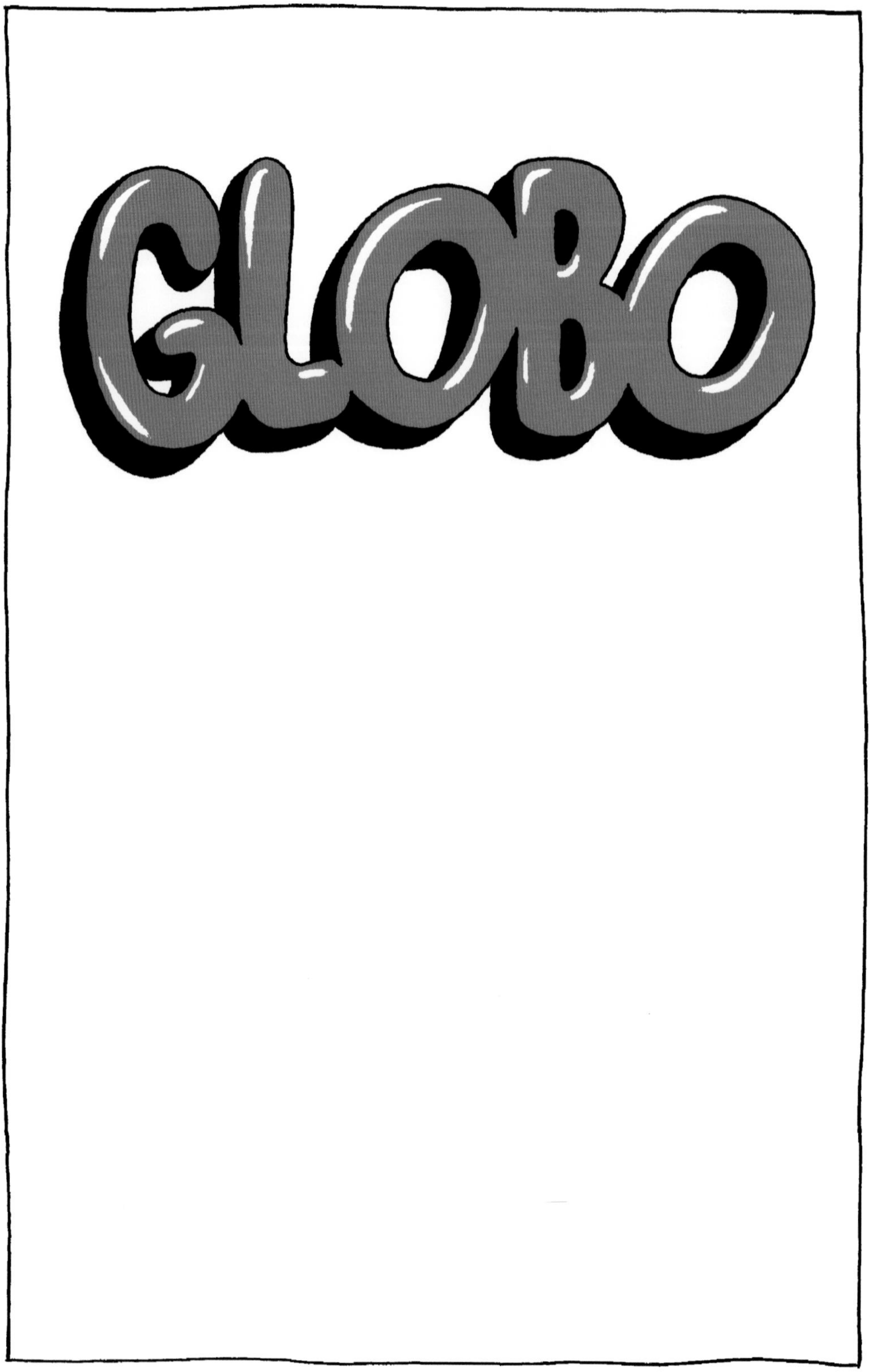
GLOBO

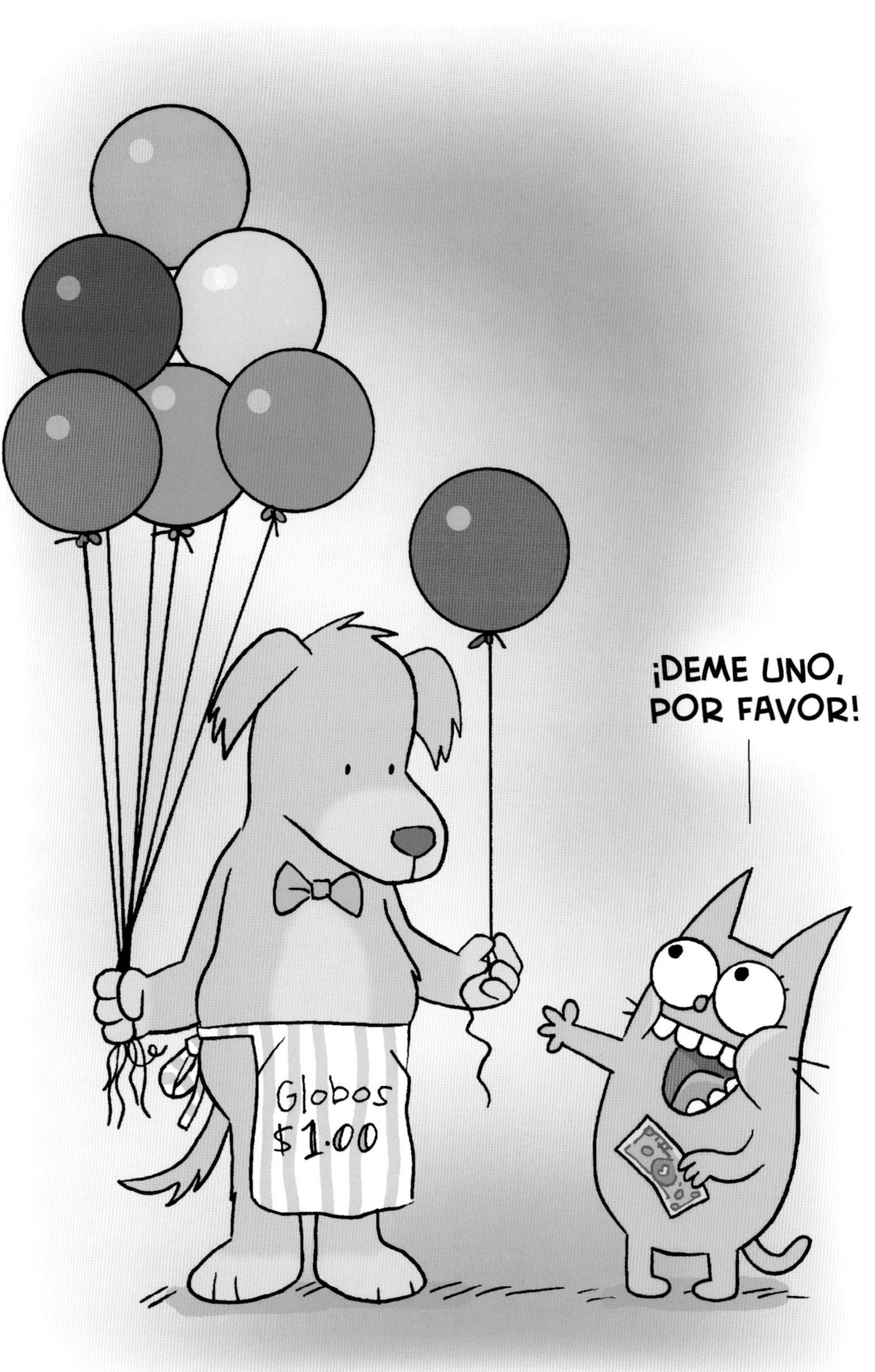
¡DEME UNO,
POR FAVOR!
Globos
$1.00

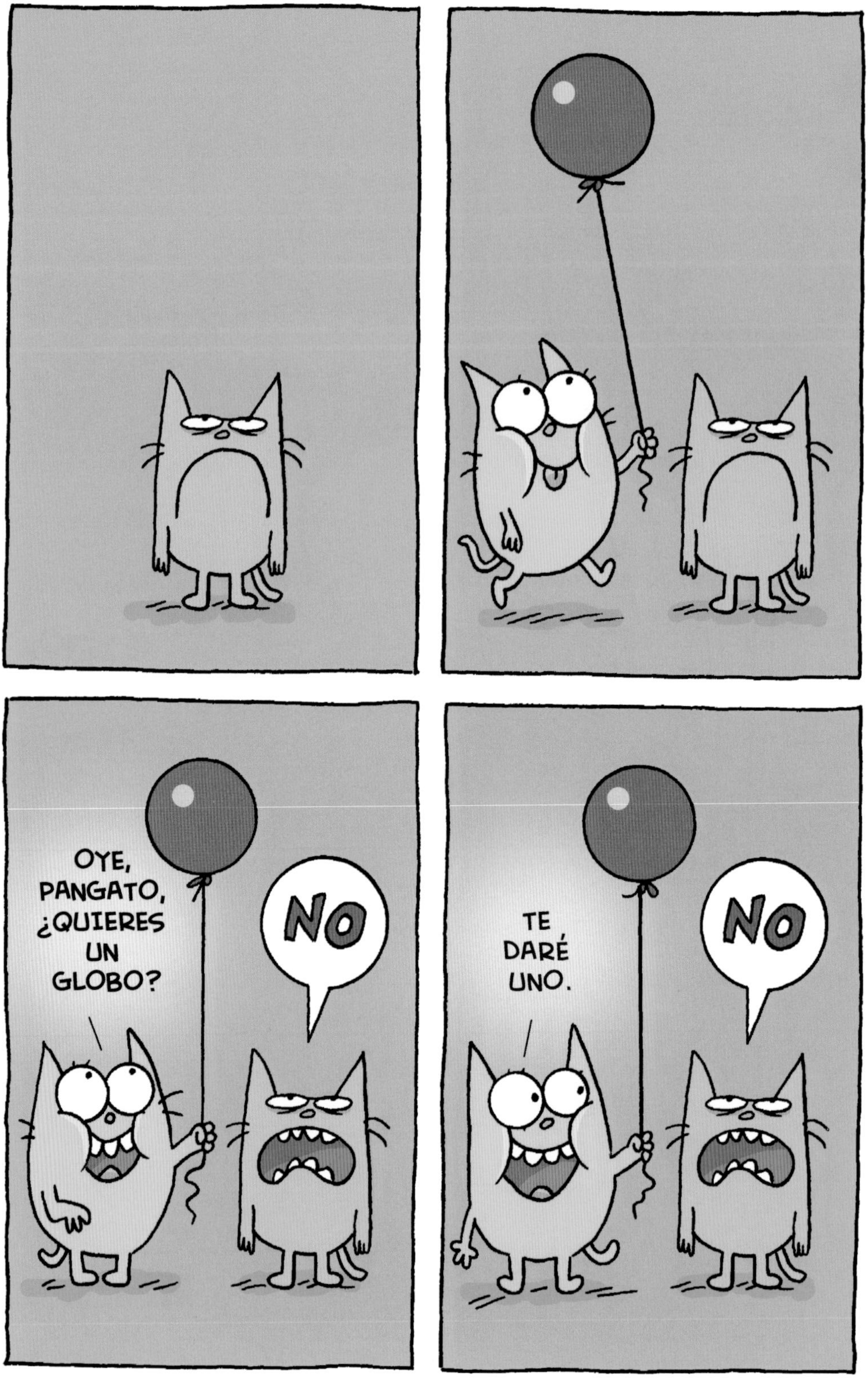
OYE, PANGATO, ¿QUIERES UN GLOBO?
NO
TE DARÉ UNO.
NO

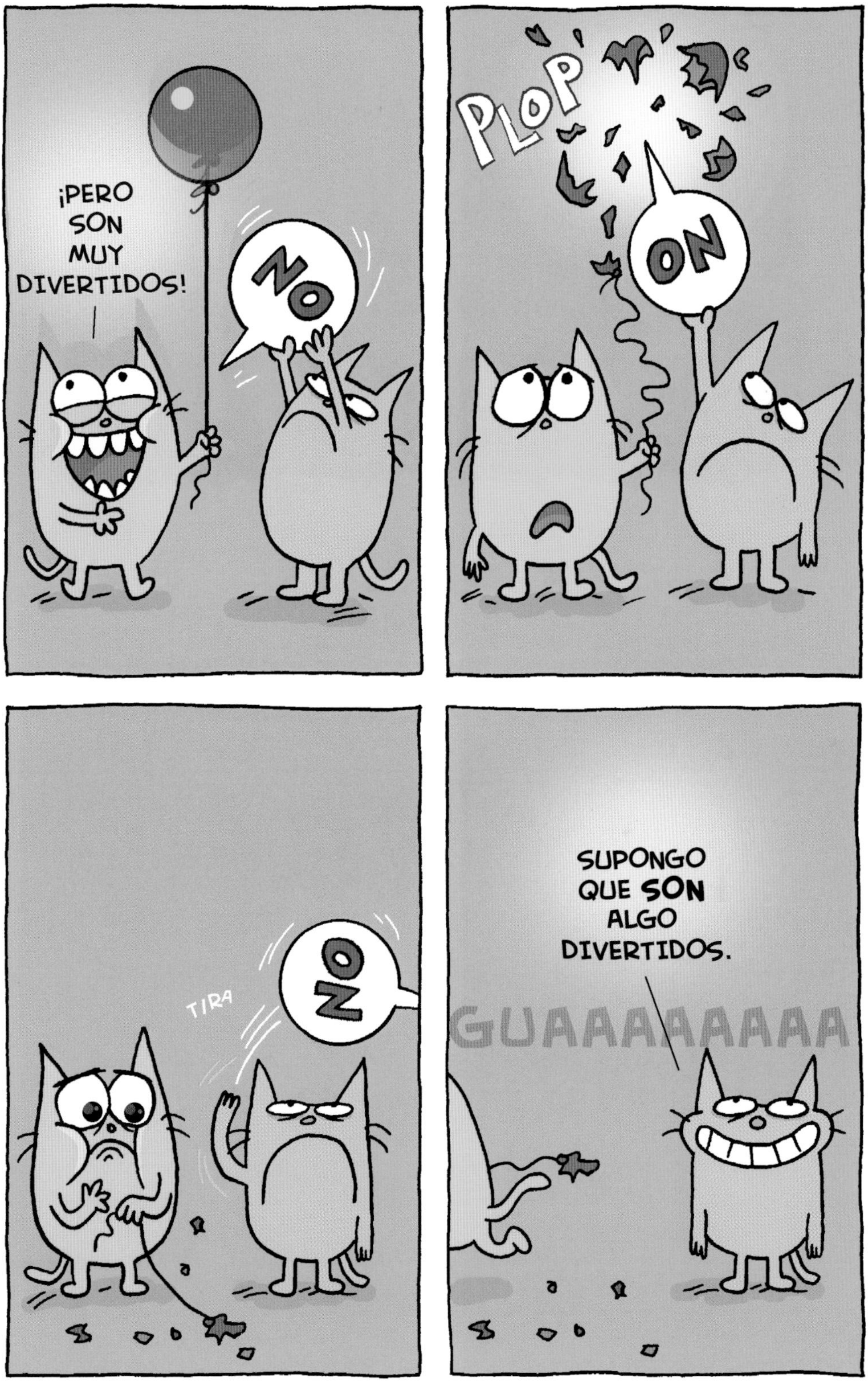
¡PERO SON MUY DIVERTIDOS!
NO
PLOP
ON
TIRA
ON
GUAAAAAAAAA
SUPONGO QUE **SON** ALGO DIVERTIDOS.

FIESTA

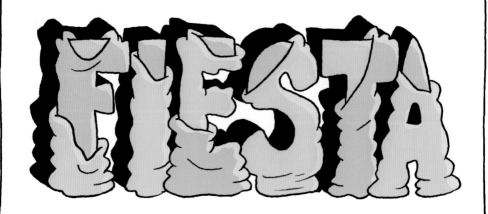

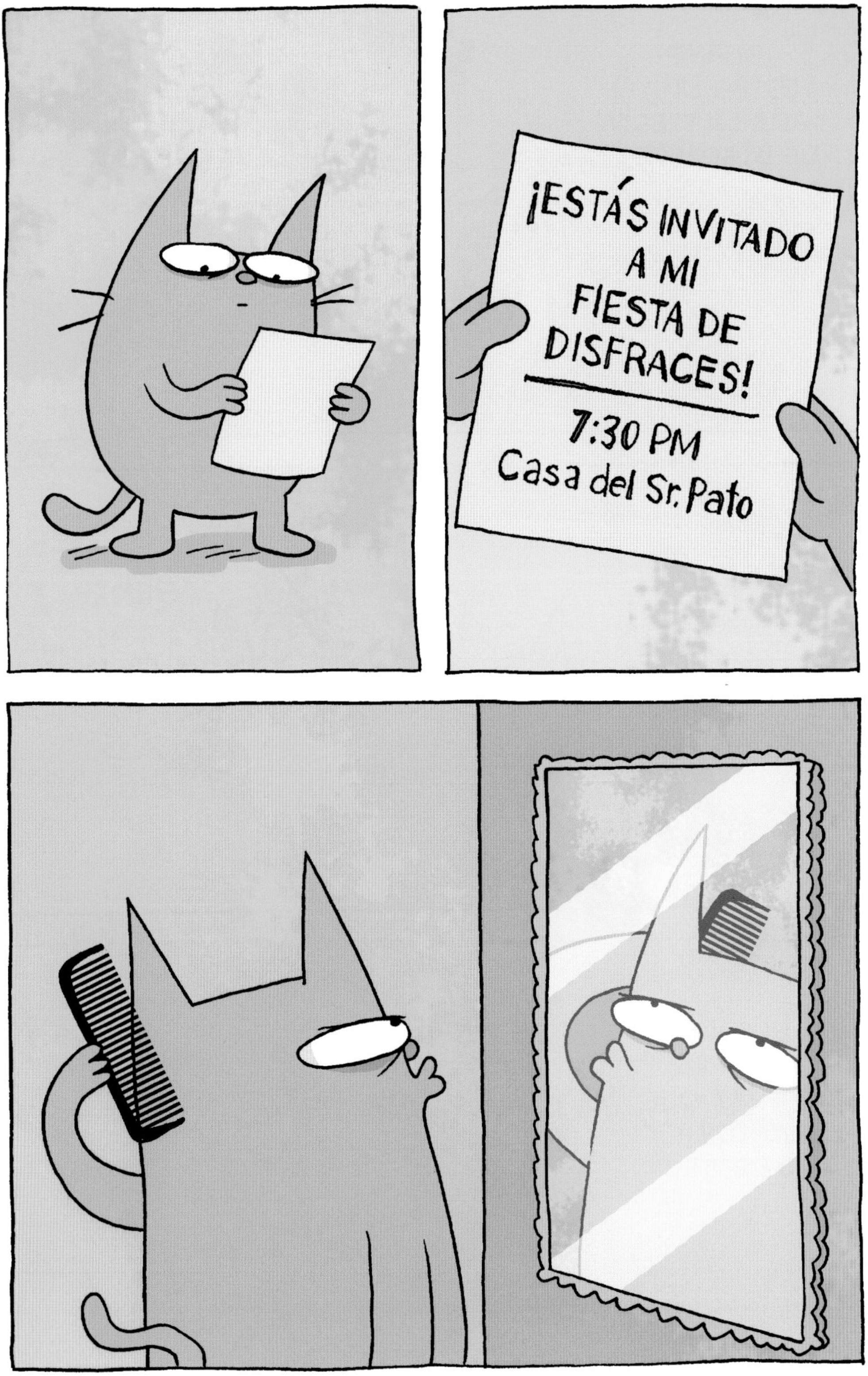
¡ESTÁS INVITADO A MI FIESTA DE DISFRACES!
7:30 PM
Casa del Sr. Pato

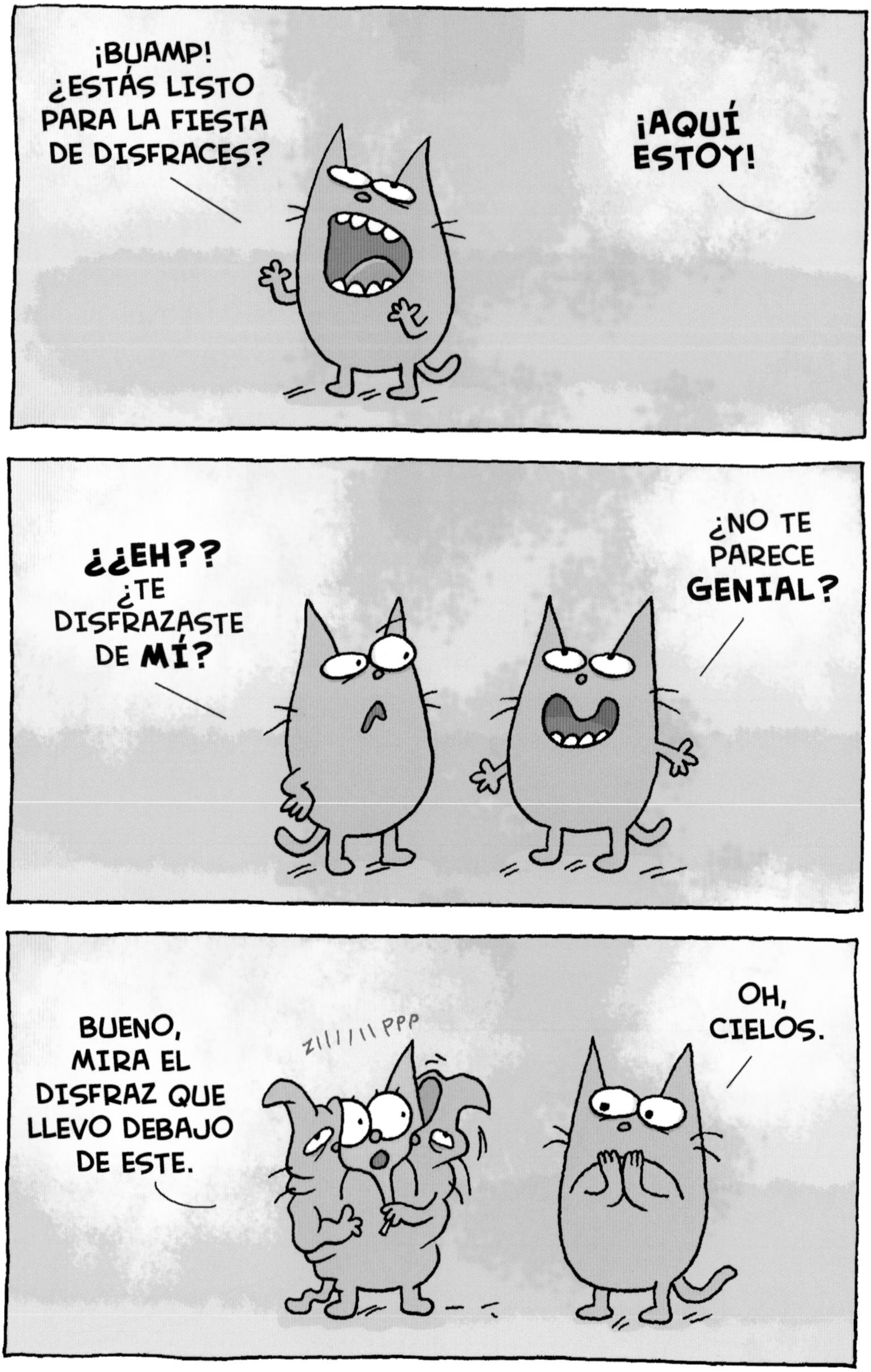
¡BUAMP! ¿ESTÁS LISTO PARA LA FIESTA DE DISFRACES?
¡AQUÍ ESTOY!
¿¿EH?? ¿TE DISFRAZASTE DE MÍ?
¿NO TE PARECE GENIAL?
BUENO, MIRA EL DISFRAZ QUE LLEVO DEBAJO DE ESTE.
ZIIIIIIPPP
OH, CIELOS.

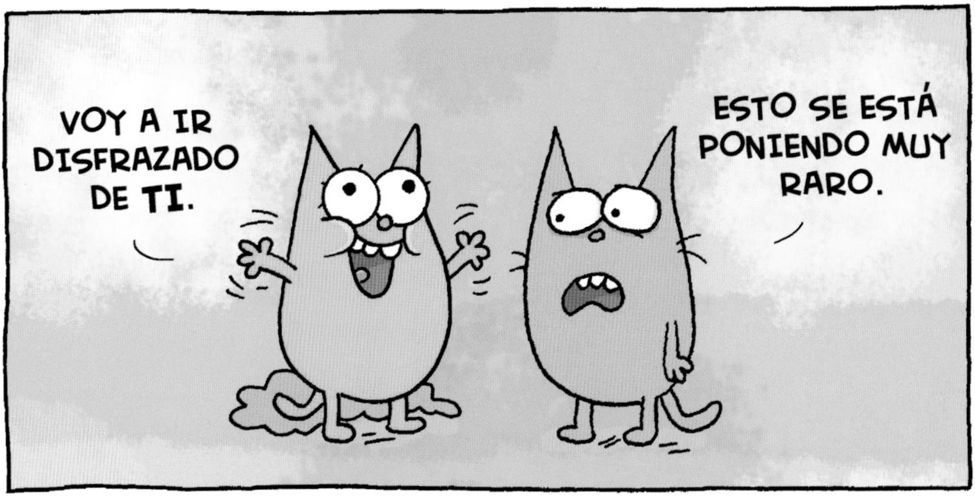
VOY A IR DISFRAZADO DE **TI**.
ESTO SE ESTÁ PONIENDO MUY RARO.

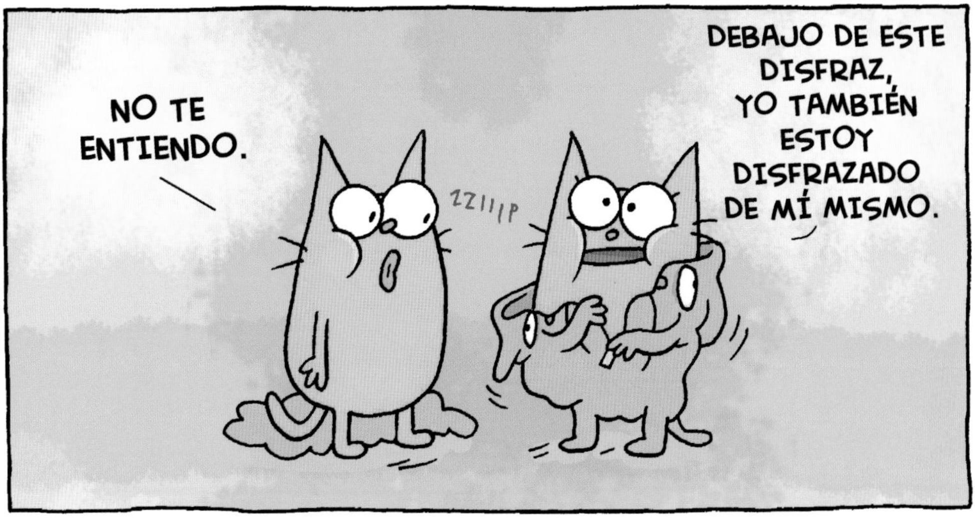
NO TE ENTIENDO.
ZZIIIP
DEBAJO DE ESTE DISFRAZ, YO TAMBIÉN ESTOY DISFRAZADO DE MÍ MISMO.

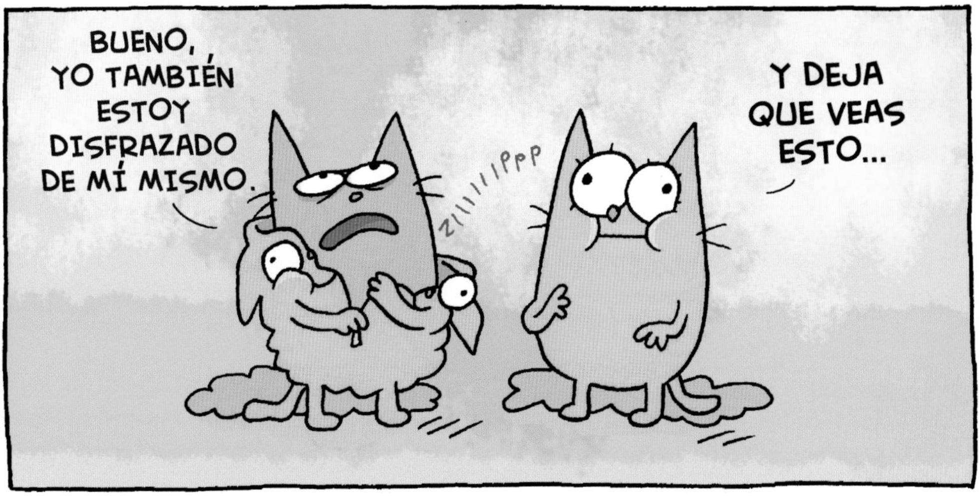
BUENO, YO TAMBIÉN ESTOY DISFRAZADO DE MÍ MISMO.
ZIIIIIPPP
Y DEJA QUE VEAS ESTO...

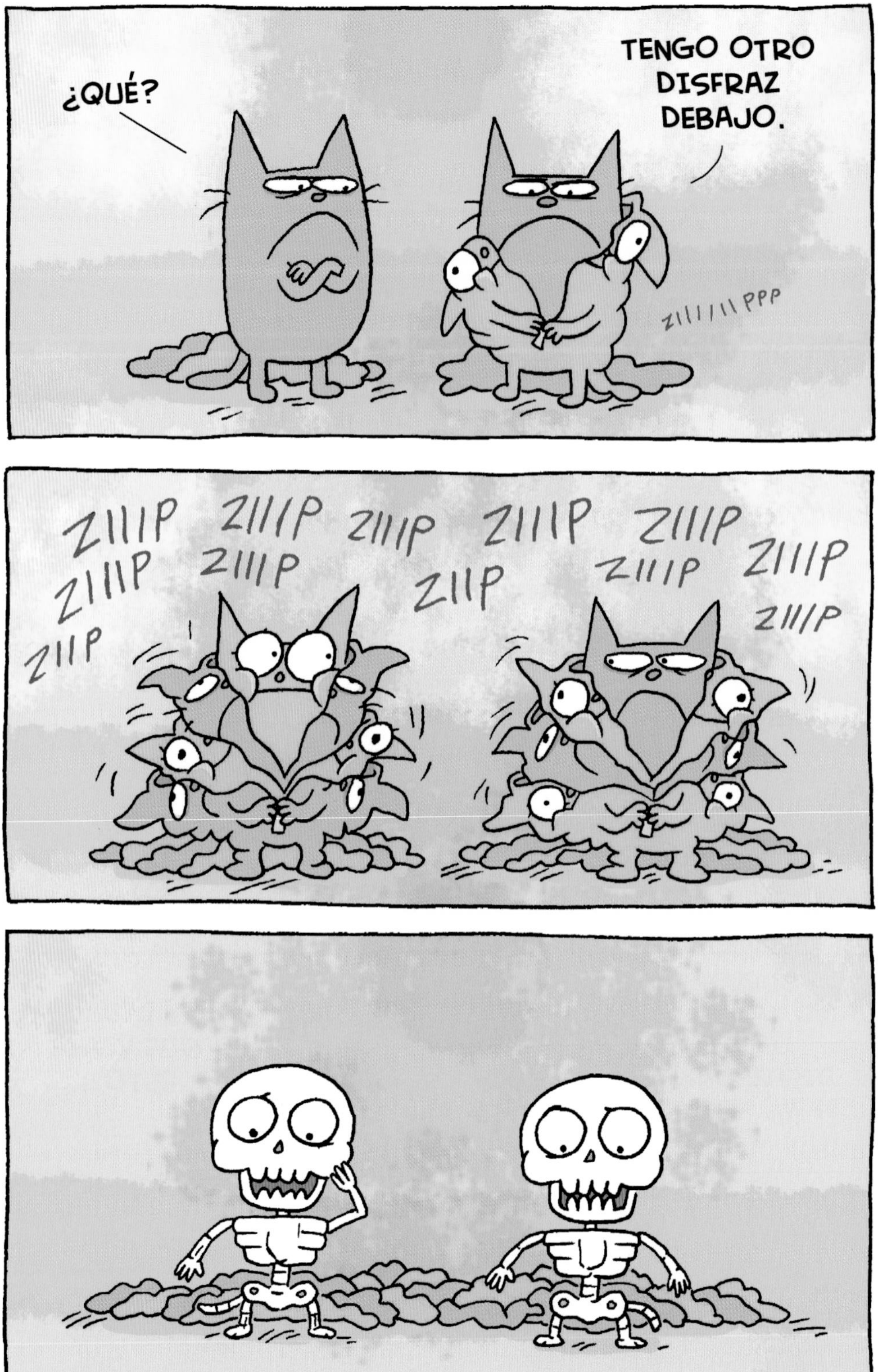
¿QUÉ?
TENGO OTRO DISFRAZ DEBAJO.
ZIIIIIIPPP
ZIIIP
ZIIIP
ZIIIP
ZIIIP
ZIIIP
ZIIIP
ZIIIP
ZIIP
ZIIIP
ZIIIP
ZIIIP
ZIIIP
ZIIP

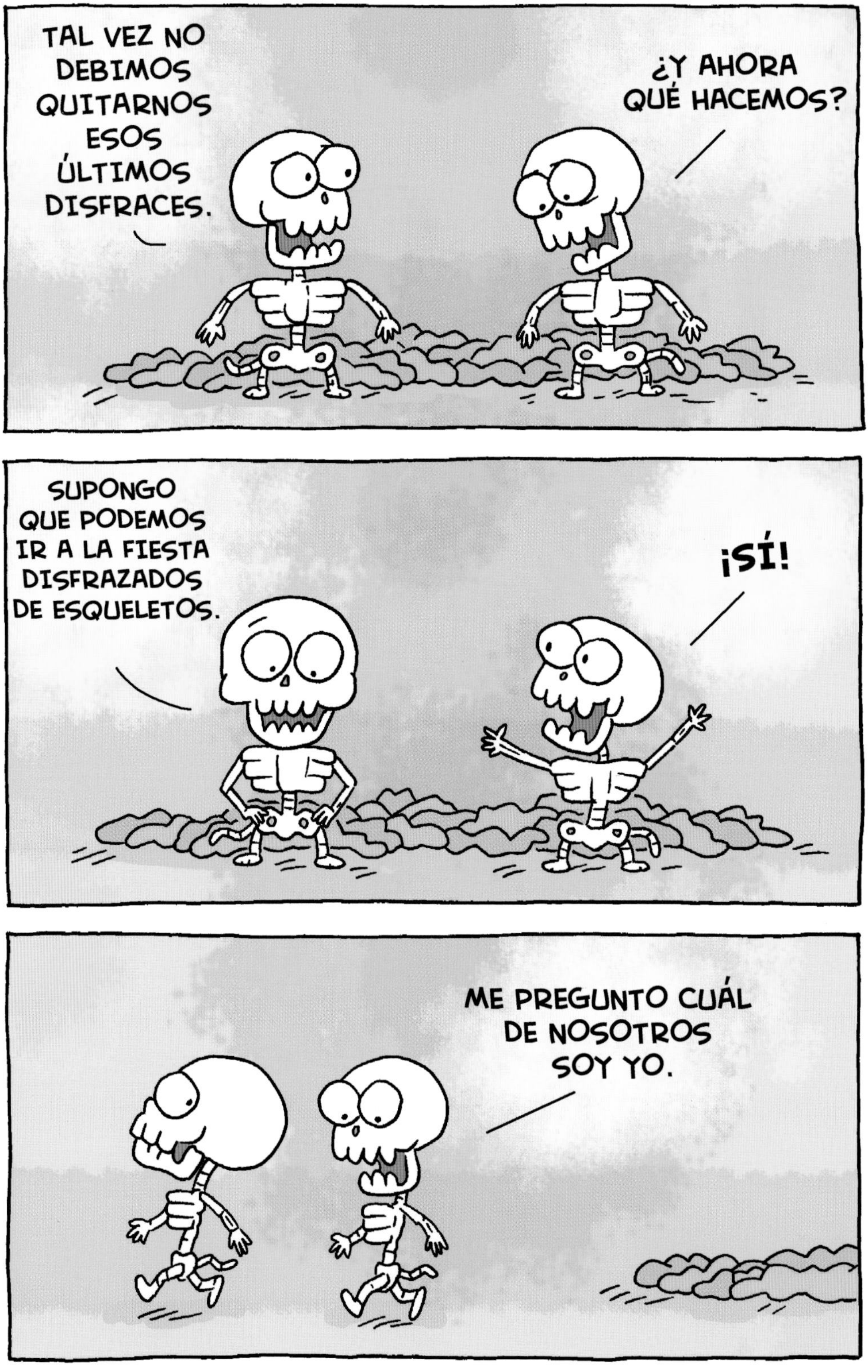
TAL VEZ NO DEBIMOS QUITARNOS ESOS ÚLTIMOS DISFRACES.
¿Y AHORA QUÉ HACEMOS?
SUPONGO QUE PODEMOS IR A LA FIESTA DISFRAZADOS DE ESQUELETOS.
¡SÍ!
ME PREGUNTO CUÁL DE NOSOTROS SOY YO.

TONTO

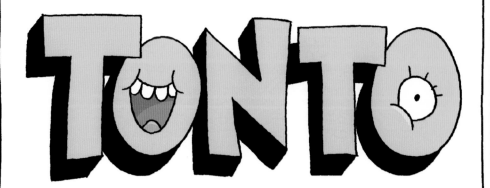

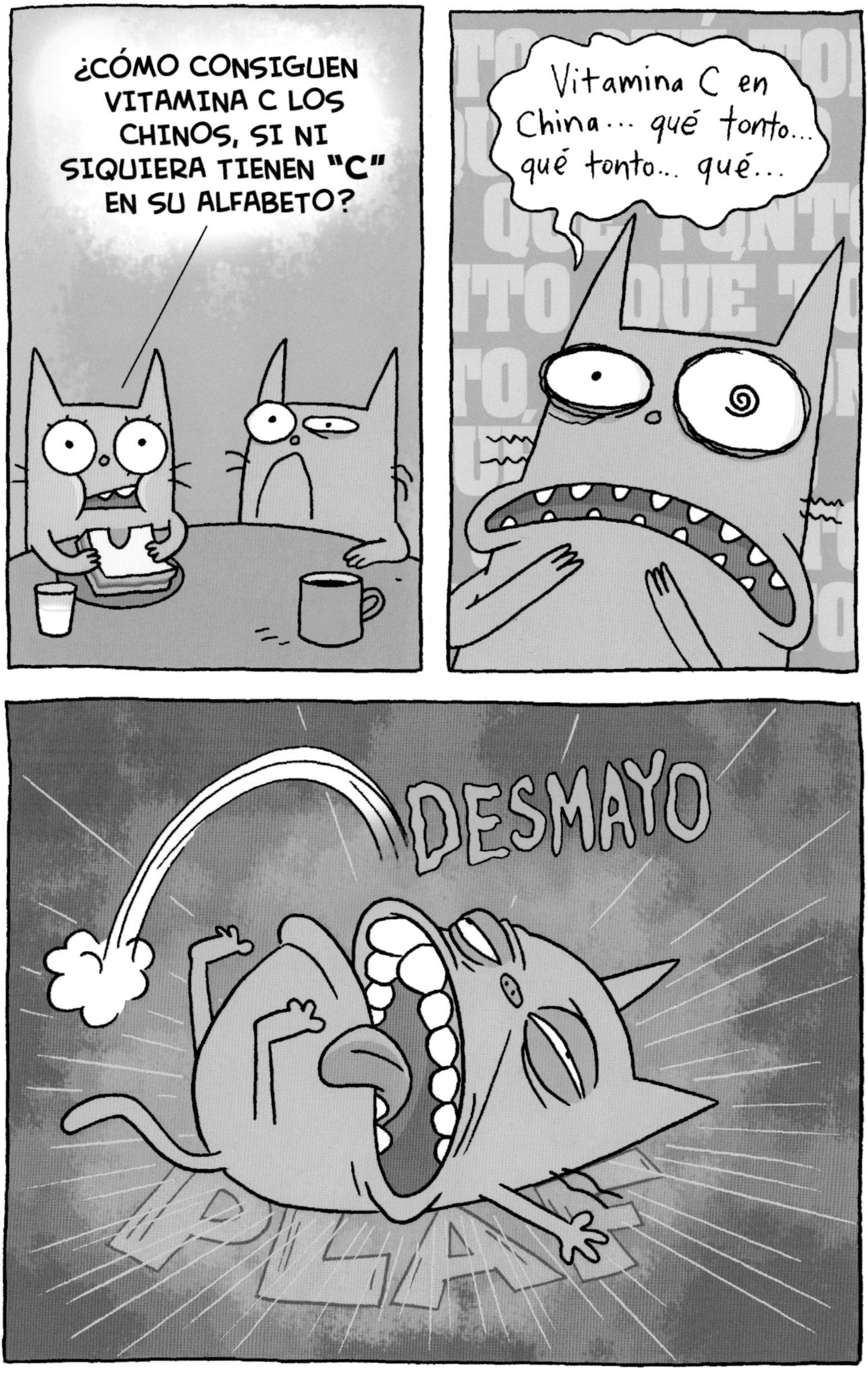
¿CÓMO CONSIGUEN VITAMINA C LOS CHINOS, SI NI SIQUIERA TIENEN "C" EN SU ALFABETO?
Vitamina C en China... qué tonto... qué tonto... qué...
DESMAYO

¡NECESITO UN MÉDICO!

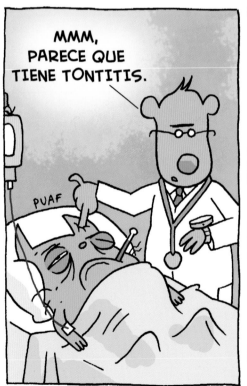

MMM, PARECE QUE TIENE TONTITIS.

PUAF

¿ESTUVO EXPUESTO RECIENTEMENTE A ALGUNA **TONTERÍA**?

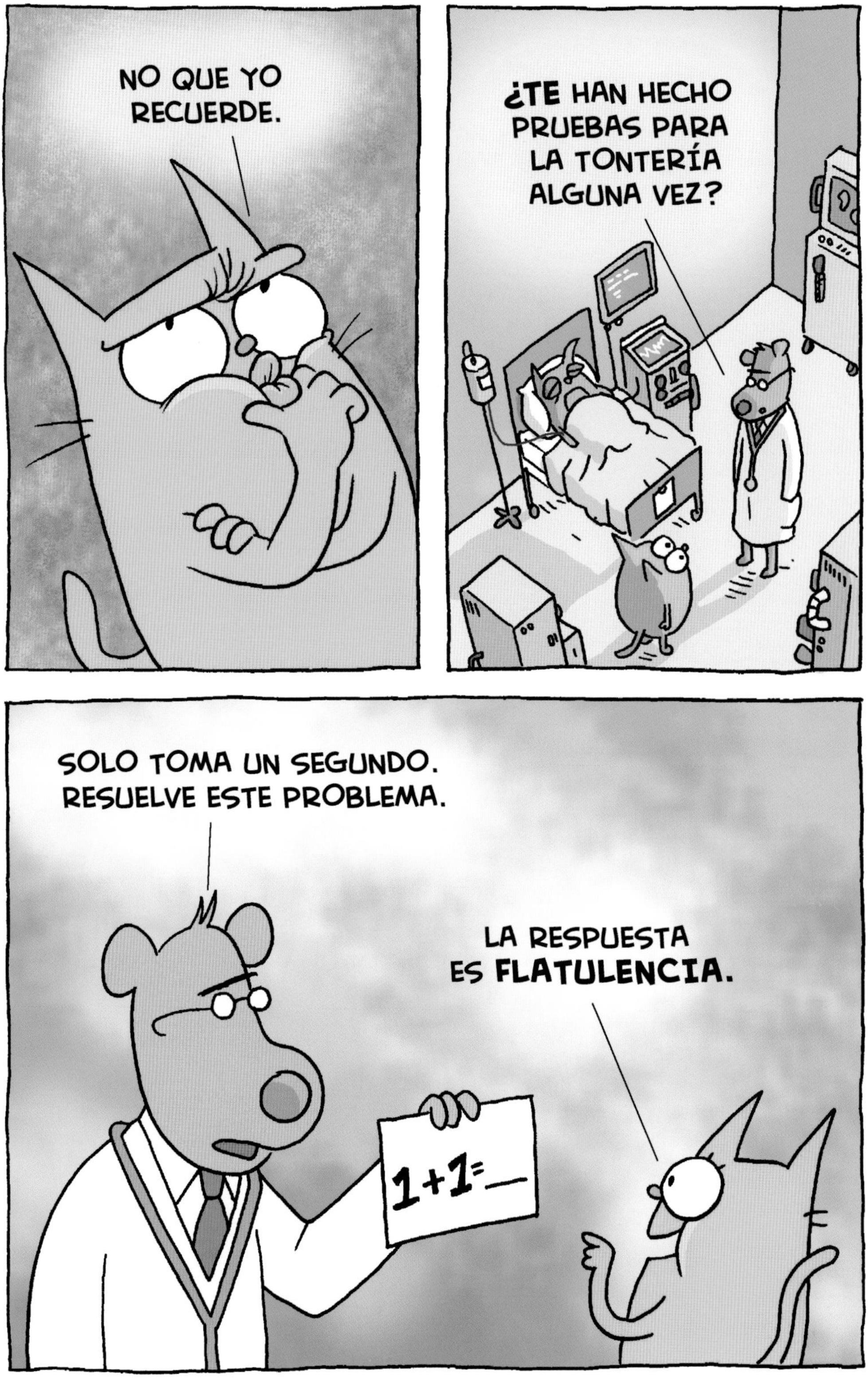
NO QUE YO RECUERDE.
¿TE HAN HECHO PRUEBAS PARA LA TONTERÍA ALGUNA VEZ?
SOLO TOMA UN SEGUNDO. RESUELVE ESTE PROBLEMA.
1+1=___
LA RESPUESTA ES FLATULENCIA.

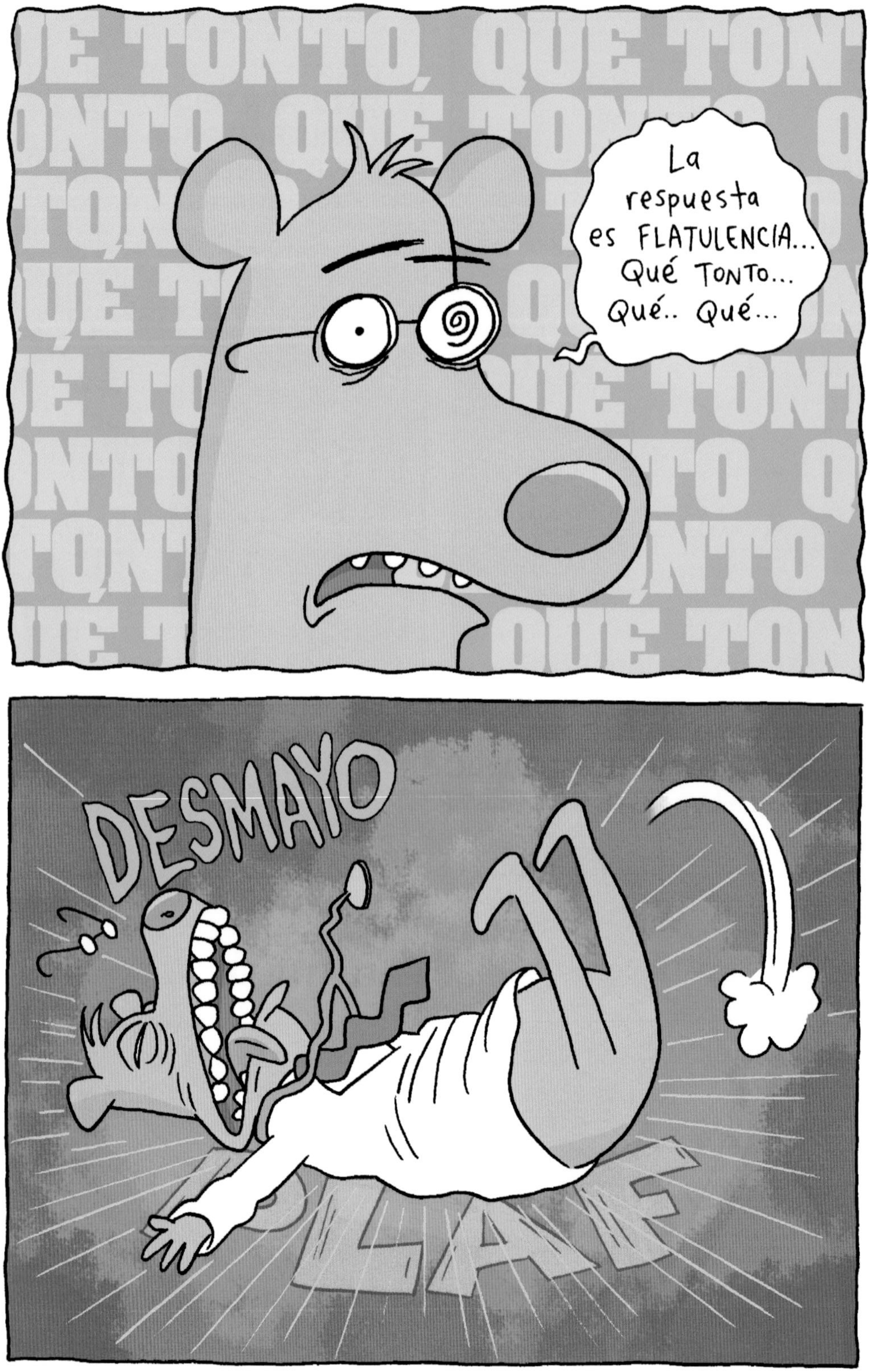
QUÉ TONTO
La respuesta es FLATULENCIA... Qué TONTO... Qué.. Qué...
DESMAYO
PLAF

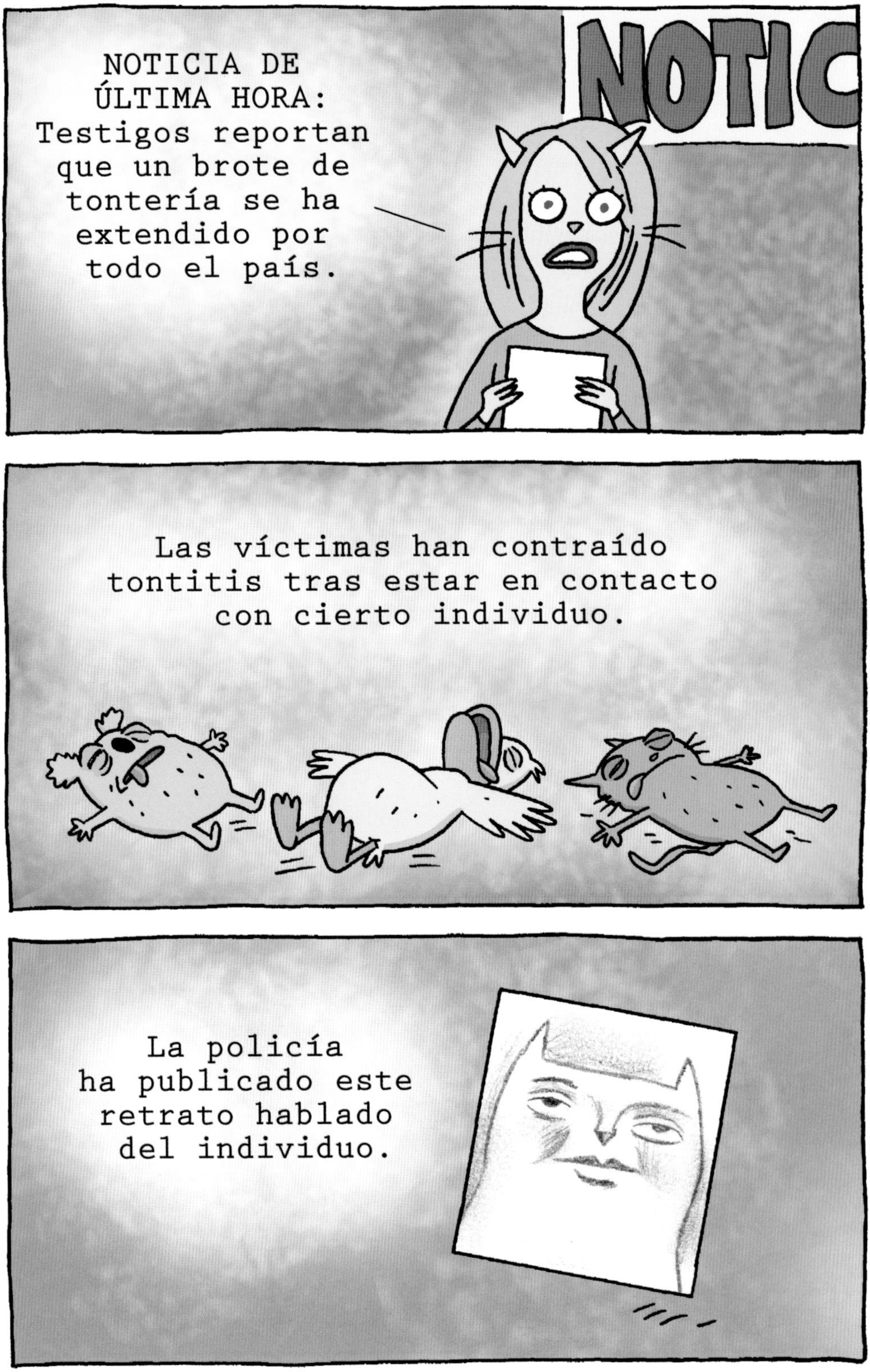
NOTICIA DE ÚLTIMA HORA: Testigos reportan que un brote de tontería se ha extendido por todo el país.
NOTIC
Las víctimas han contraído tontitis tras estar en contacto con cierto individuo.
La policía ha publicado este retrato hablado del individuo.

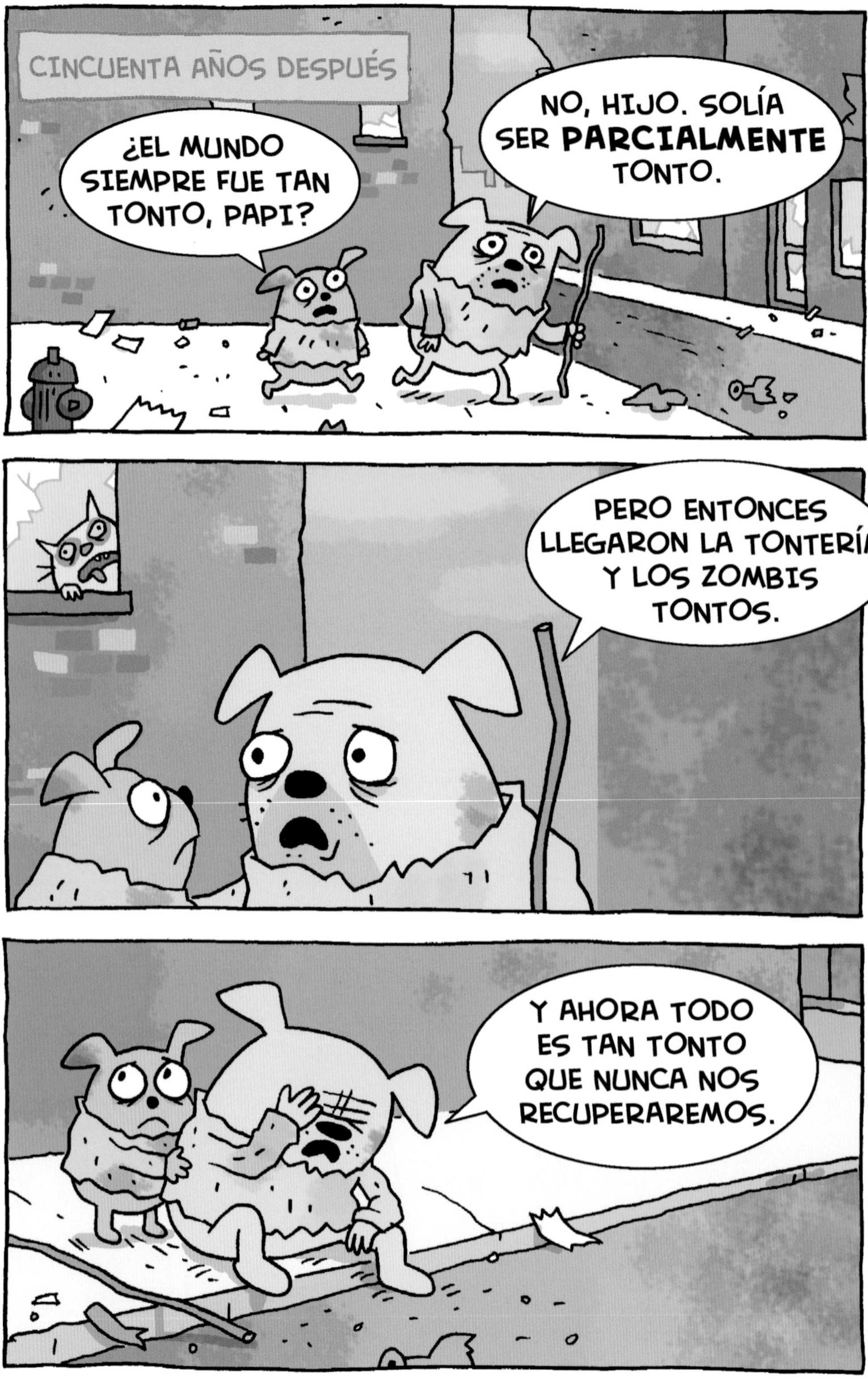
CINCUENTA AÑOS DESPUÉS
¿EL MUNDO SIEMPRE FUE TAN TONTO, PAPI?
NO, HIJO. SOLÍA SER **PARCIALMENTE** TONTO.
PERO ENTONCES LLEGARON LA TONTERÍA Y LOS ZOMBIS TONTOS.
Y AHORA TODO ES TAN TONTO QUE NUNCA NOS RECUPERAREMOS.

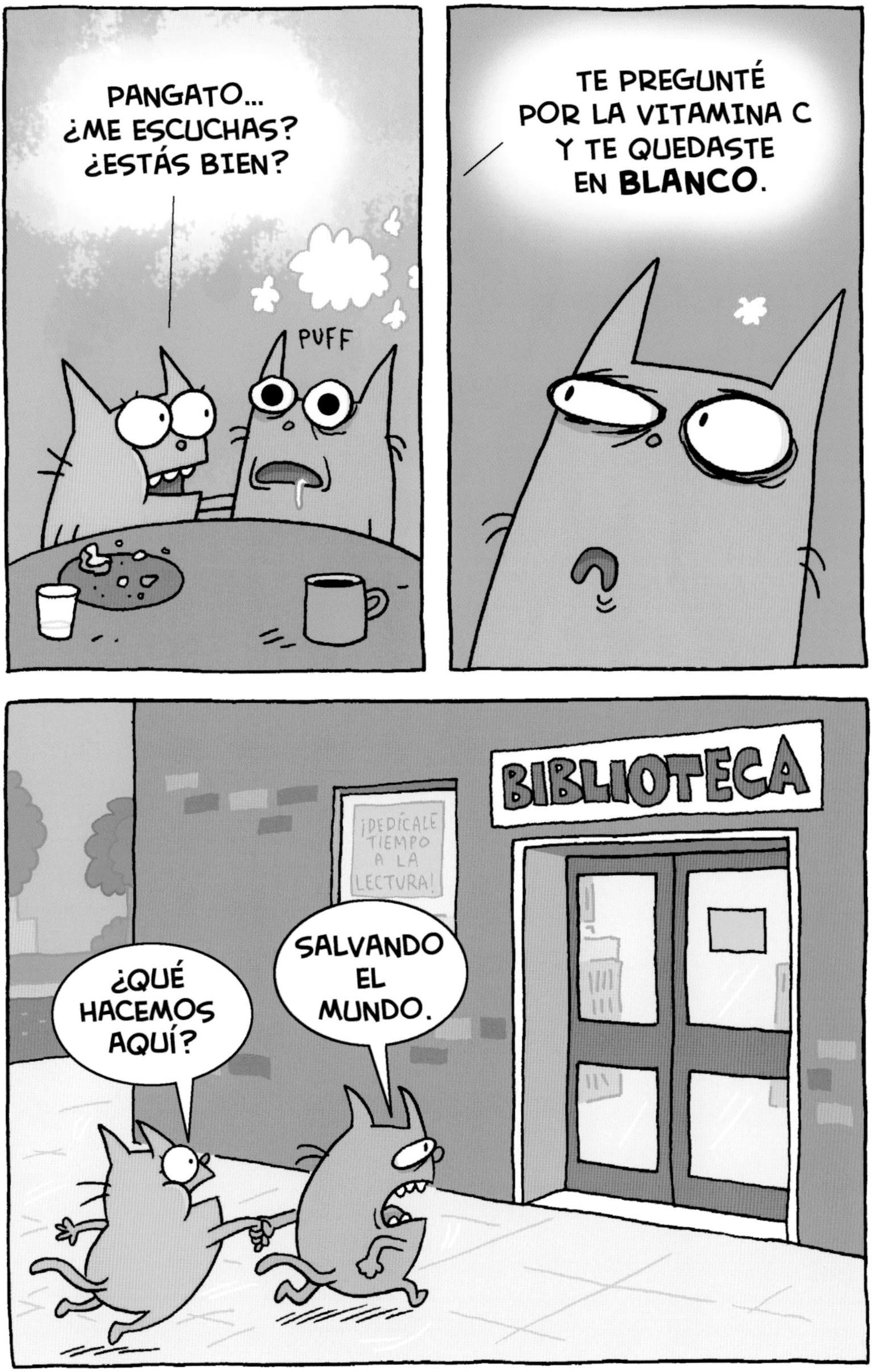
PANGATO...
¿ME ESCUCHAS?
¿ESTÁS BIEN?
PUFF
TE PREGUNTÉ POR LA VITAMINA C Y TE QUEDASTE EN **BLANCO**.
BIBLIOTECA
¡DEDÍCALE TIEMPO A LA LECTURA!
¿QUÉ HACEMOS AQUÍ?
SALVANDO EL MUNDO.

UN NUEVO AMIGO

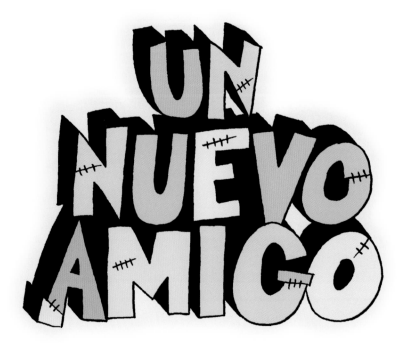

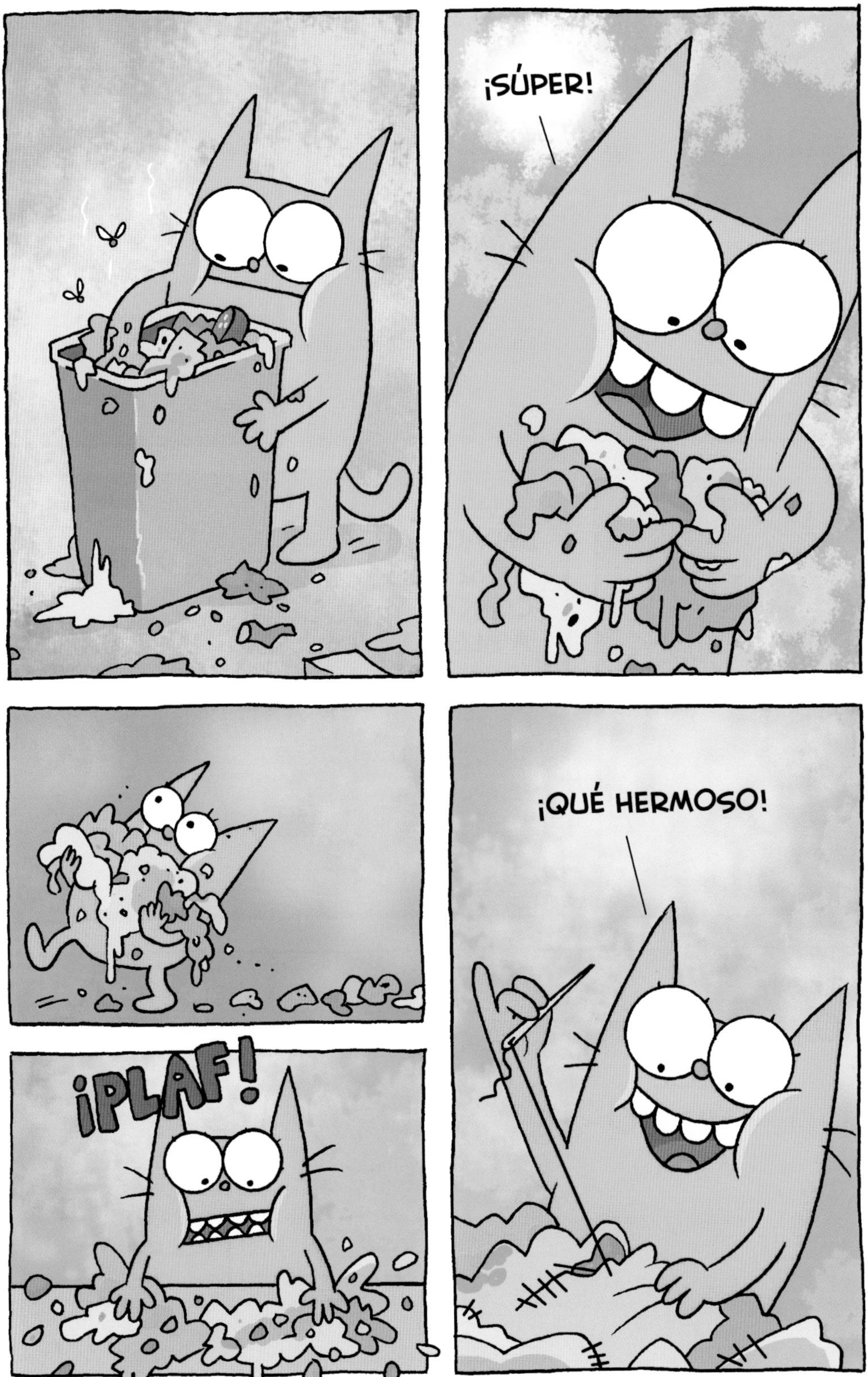
¡SÚPER!
¡PLAF!
¡QUÉ HERMOSO!

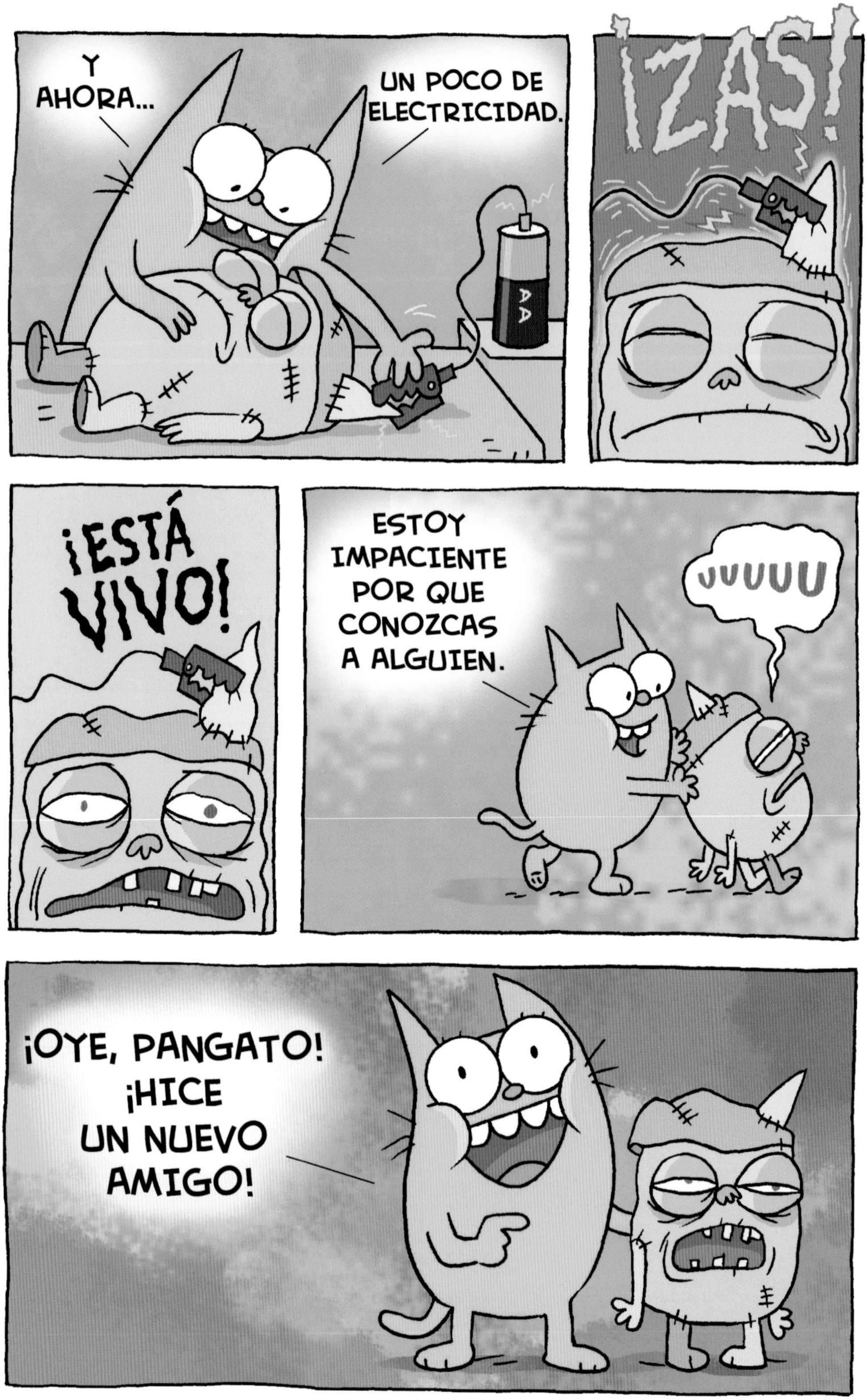
Y AHORA...
UN POCO DE ELECTRICIDAD.
¡ZAS!
¡ESTÁ VIVO!
ESTOY IMPACIENTE POR QUE CONOZCAS A ALGUIEN.
UUUUU
¡OYE, PANGATO! ¡HICE UN NUEVO AMIGO!

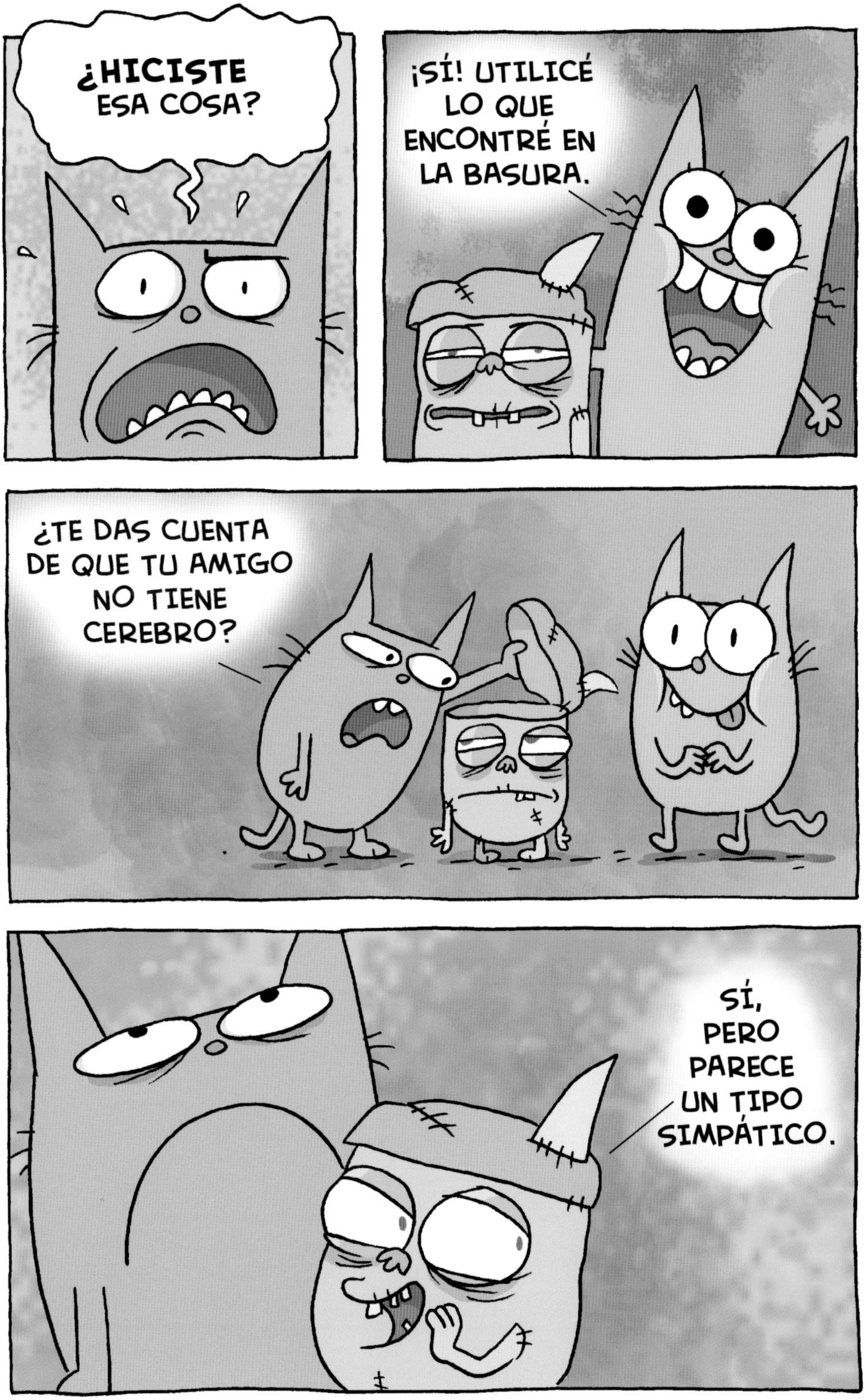
¿HICISTE ESA COSA?
¡SÍ! UTILICÉ LO QUE ENCONTRÉ EN LA BASURA.
¿TE DAS CUENTA DE QUE TU AMIGO NO TIENE CEREBRO?
SÍ, PERO PARECE UN TIPO SIMPÁTICO.

MÚSICA

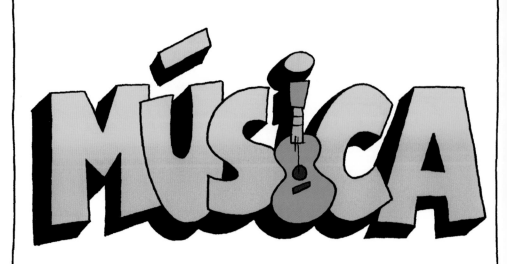

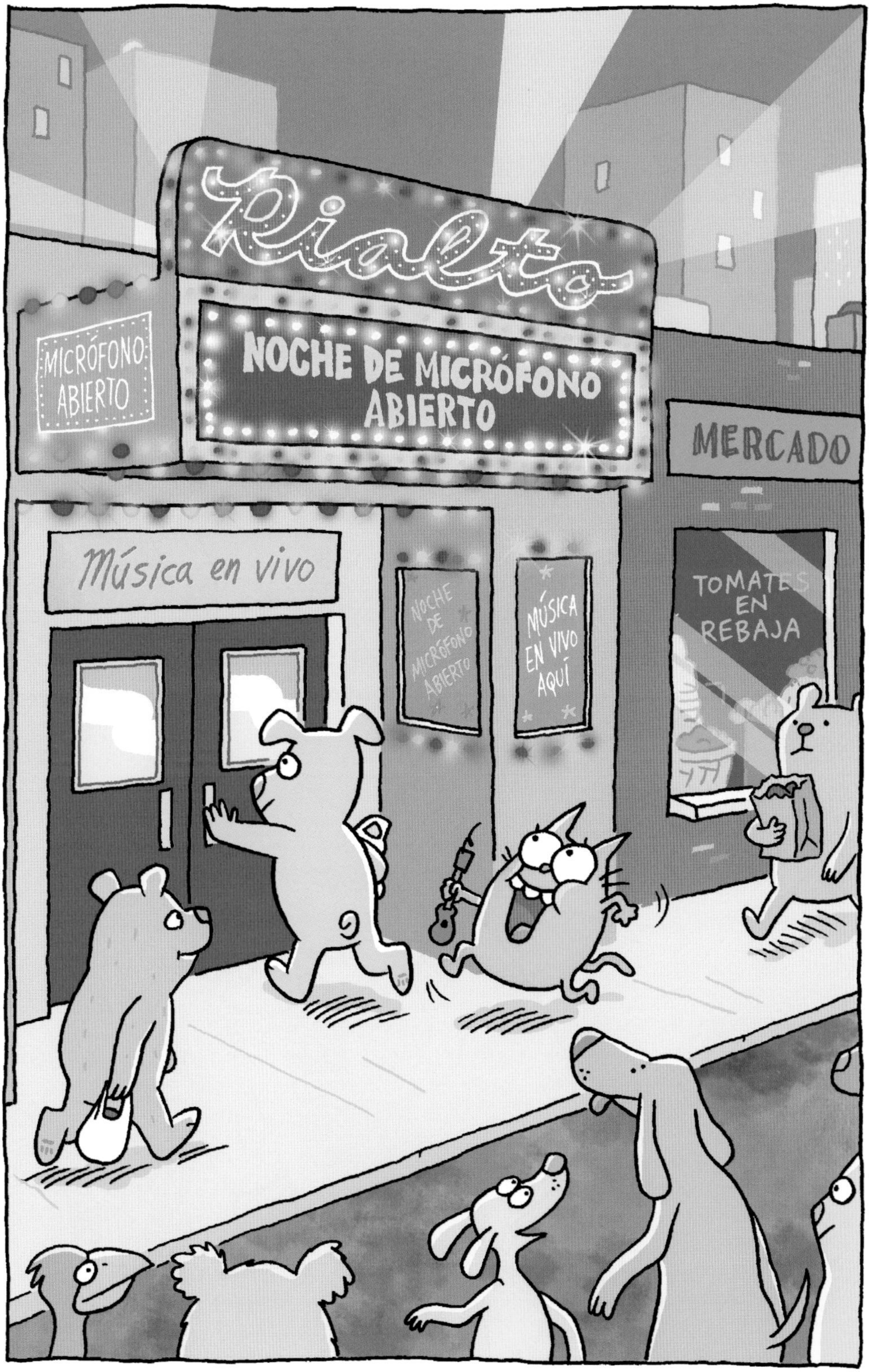
Rialto
MICRÓFONO ABIERTO
NOCHE DE MICRÓFONO ABIERTO
MERCADO
Música en vivo
NOCHE DE MICRÓFONO ABIERTO
MÚSICA EN VIVO AQUÍ
TOMATES EN REBAJA

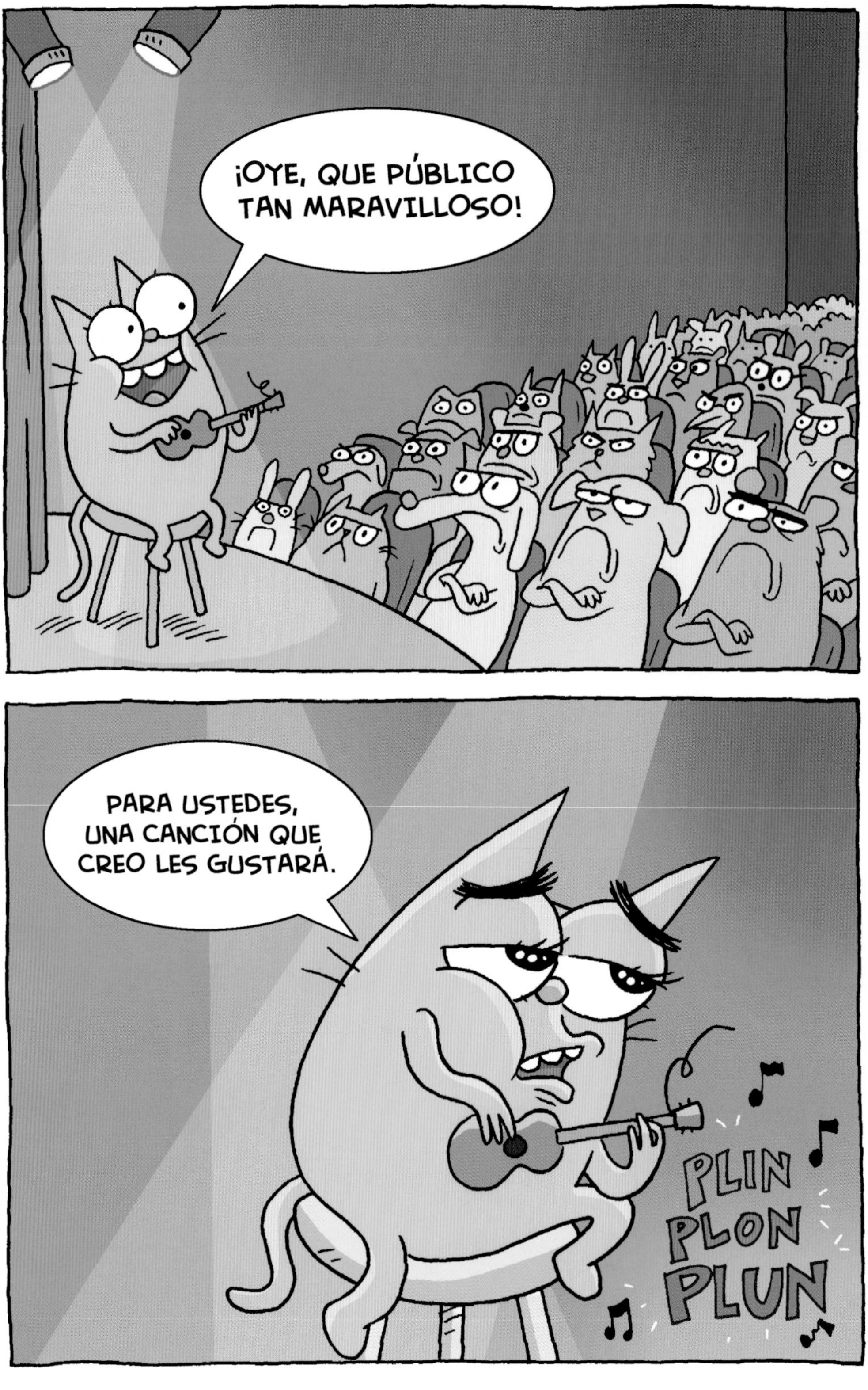
¡OYE, QUE PÚBLICO TAN MARAVILLOSO!
PARA USTEDES, UNA CANCIÓN QUE CREO LES GUSTARÁ.
PLIN PLON PLUN

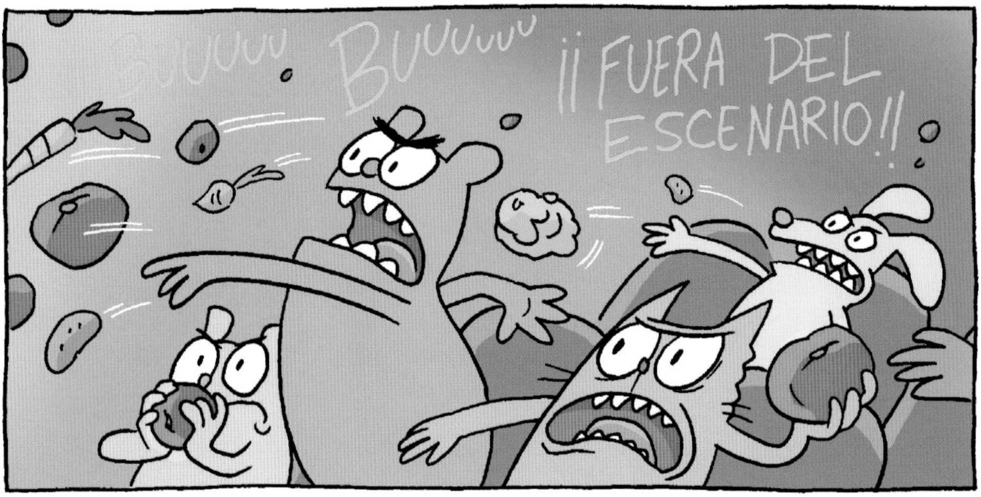
BUUUUU
BUUUUUU
¡¡FUERA DEL ESCENARIO!!

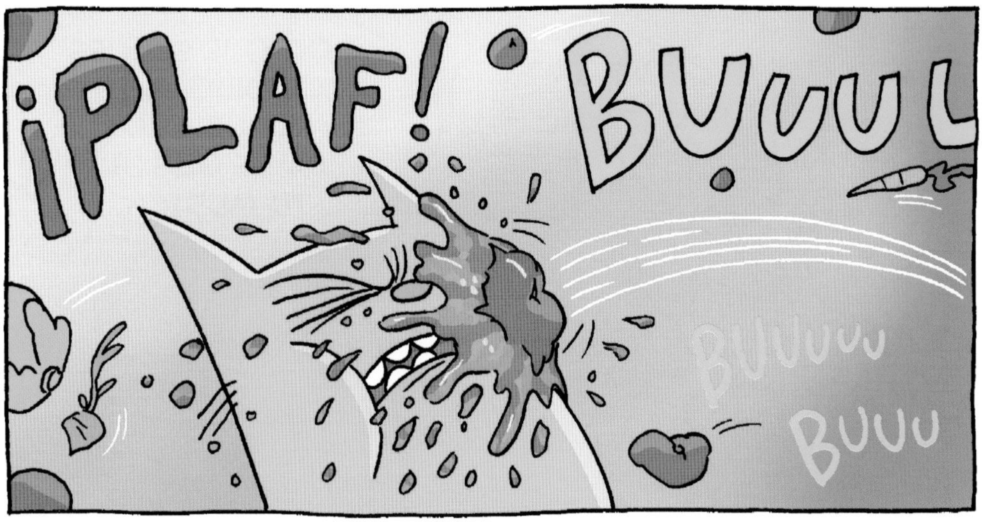
¡PLAF!
BUUUU
BUUUUU
BUUU

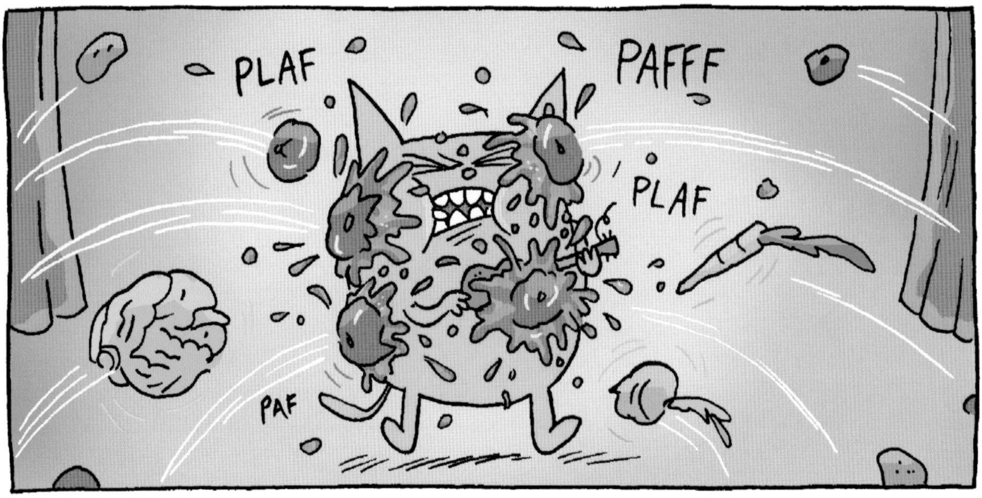
PLAF
PAFFF
PLAF
PAF

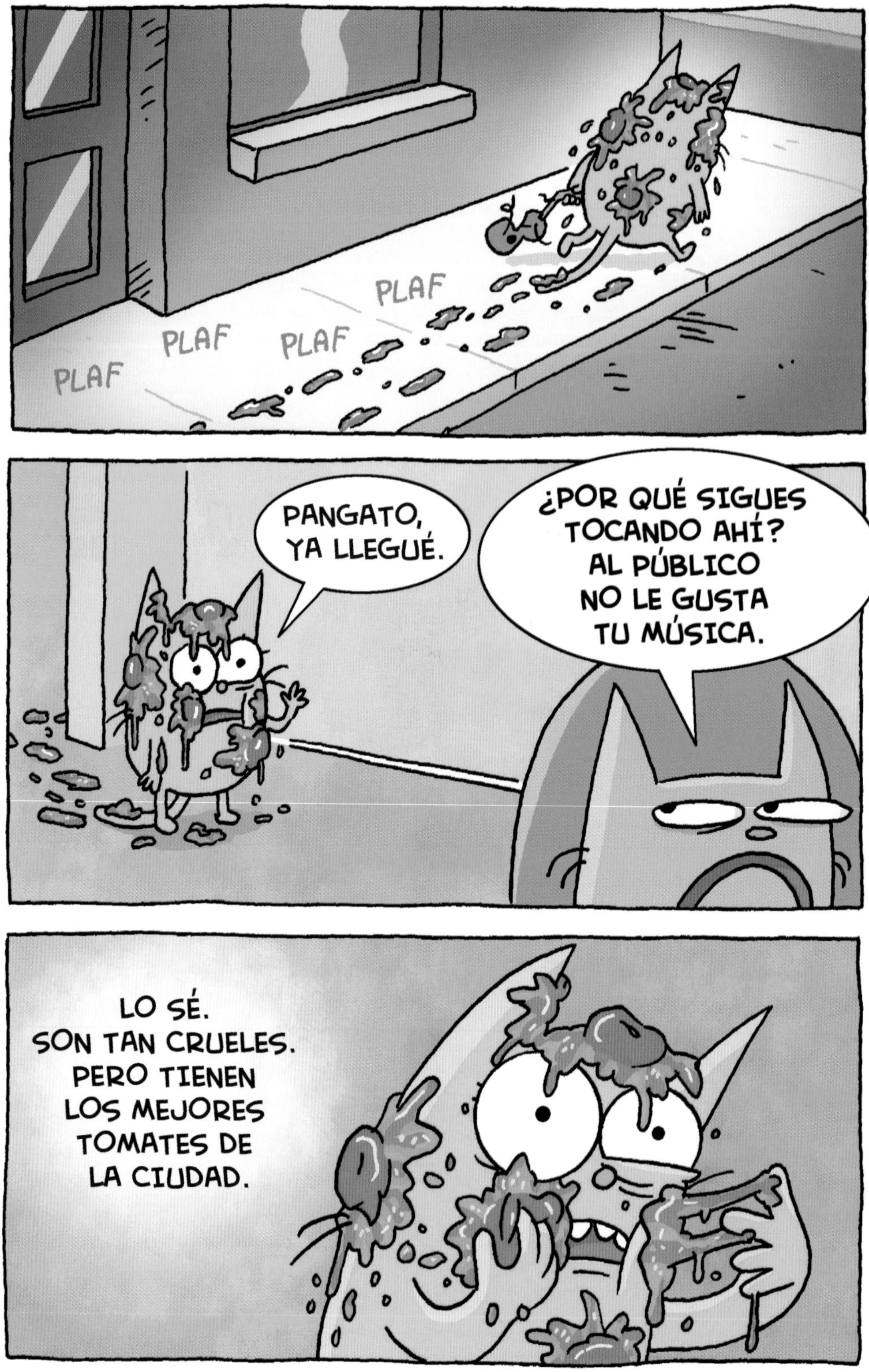
PLAF
PLAF
PLAF
PLAF
PANGATO, YA LLEGUÉ.
¿POR QUÉ SIGUES TOCANDO AHÍ? AL PÚBLICO NO LE GUSTA TU MÚSICA.
LO SÉ. SON TAN CRUELES. PERO TIENEN LOS MEJORES TOMATES DE LA CIUDAD.

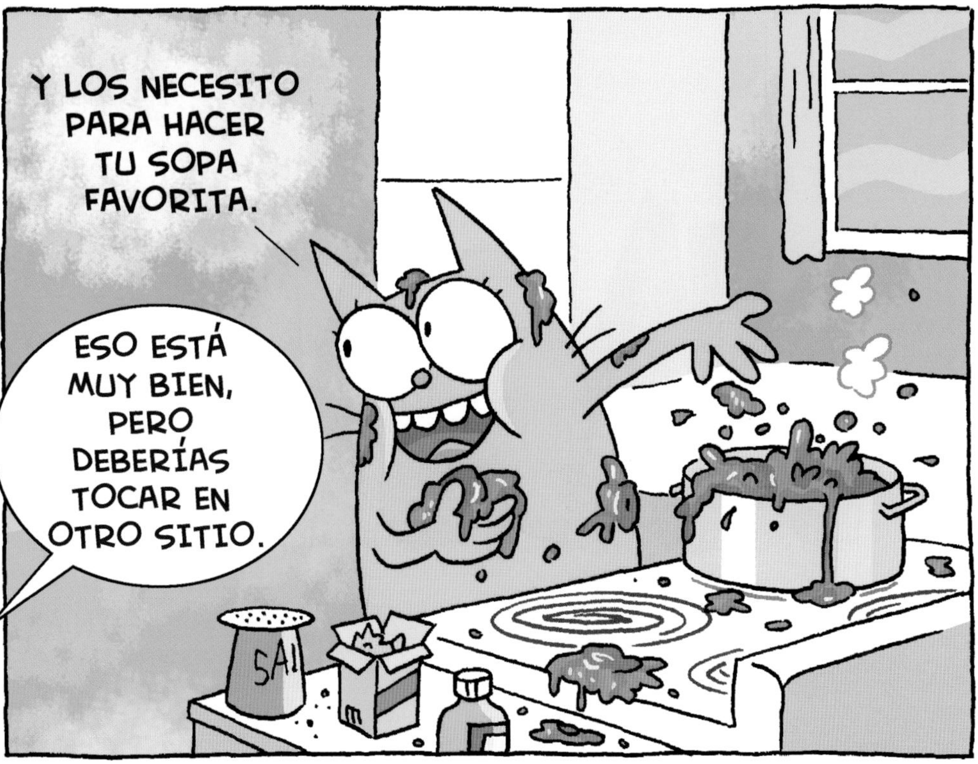
Y LOS NECESITO PARA HACER TU SOPA FAVORITA.
ESO ESTÁ MUY BIEN, PERO DEBERÍAS TOCAR EN OTRO SITIO.
SAL

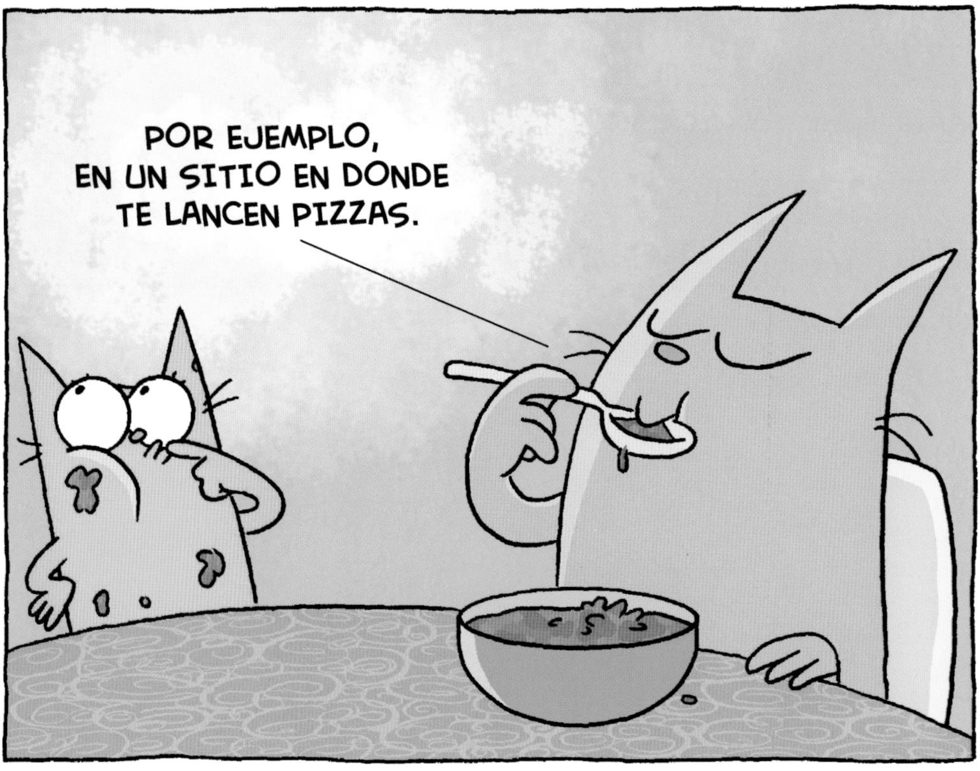
POR EJEMPLO, EN UN SITIO EN DONDE TE LANCEN PIZZAS.

NADAR

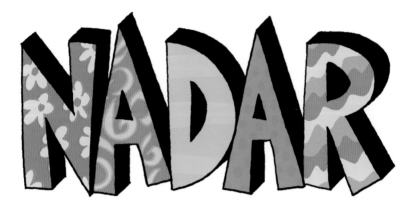

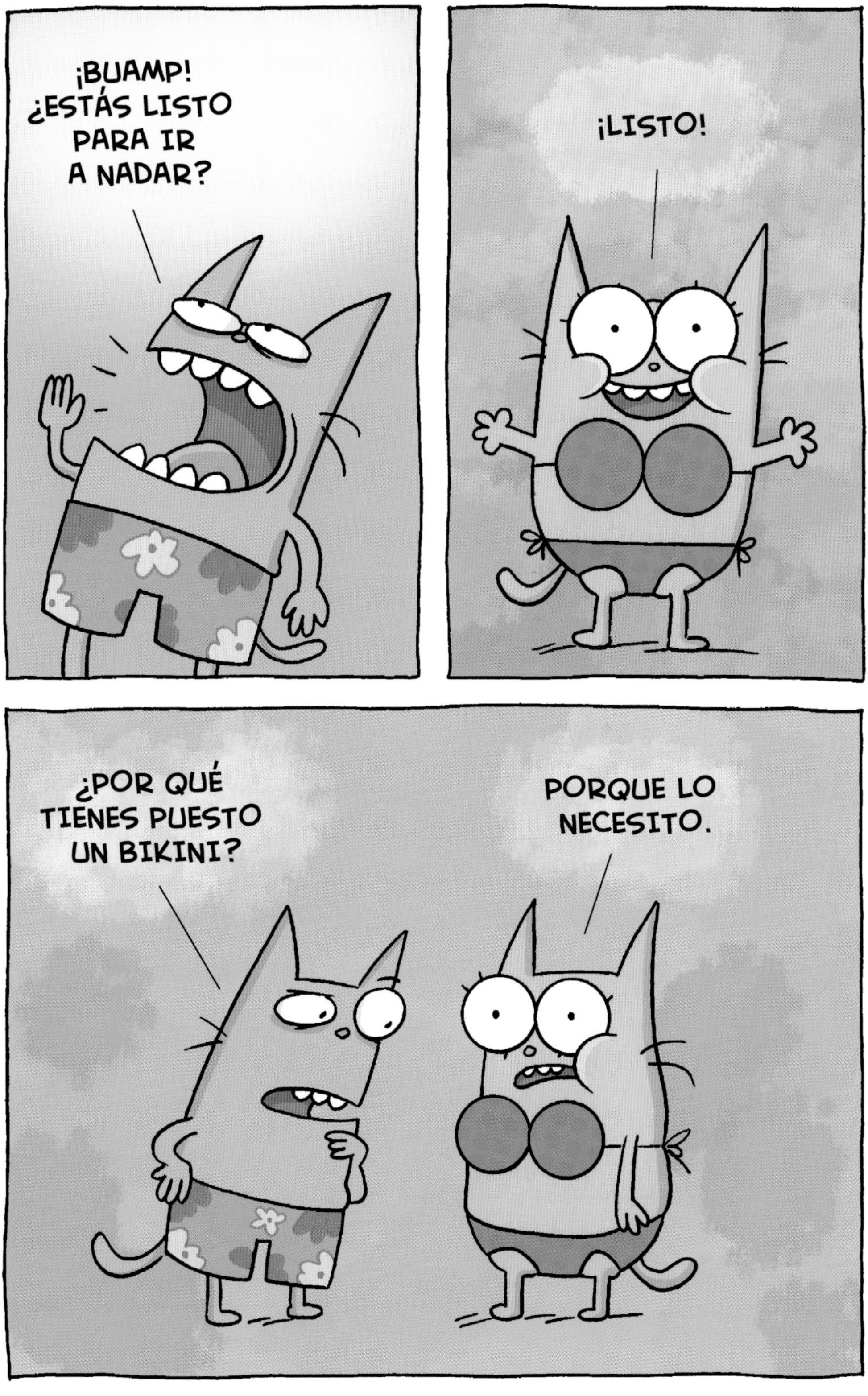
¡BUAMP!
¿ESTÁS LISTO
PARA IR
A NADAR?
¡LISTO!
¿POR QUÉ
TIENES PUESTO
UN BIKINI?
PORQUE LO
NECESITO.

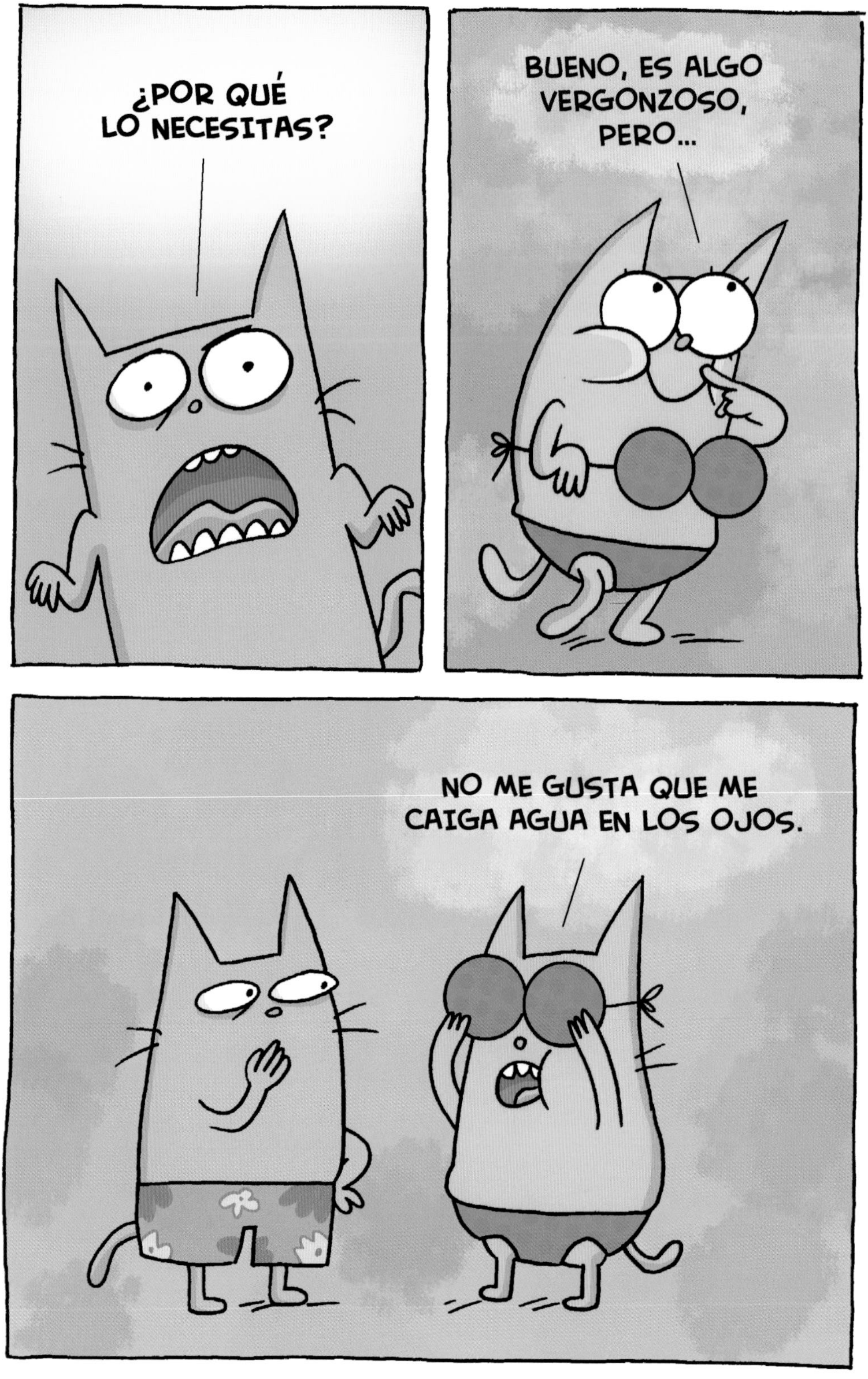
¿POR QUÉ LO NECESITAS?
BUENO, ES ALGO VERGONZOSO, PERO...
NO ME GUSTA QUE ME CAIGA AGUA EN LOS OJOS.

¿PANGATO?
AÚN ESTÁS AHÍ,
¿VERDAD?

INTELIGENTE

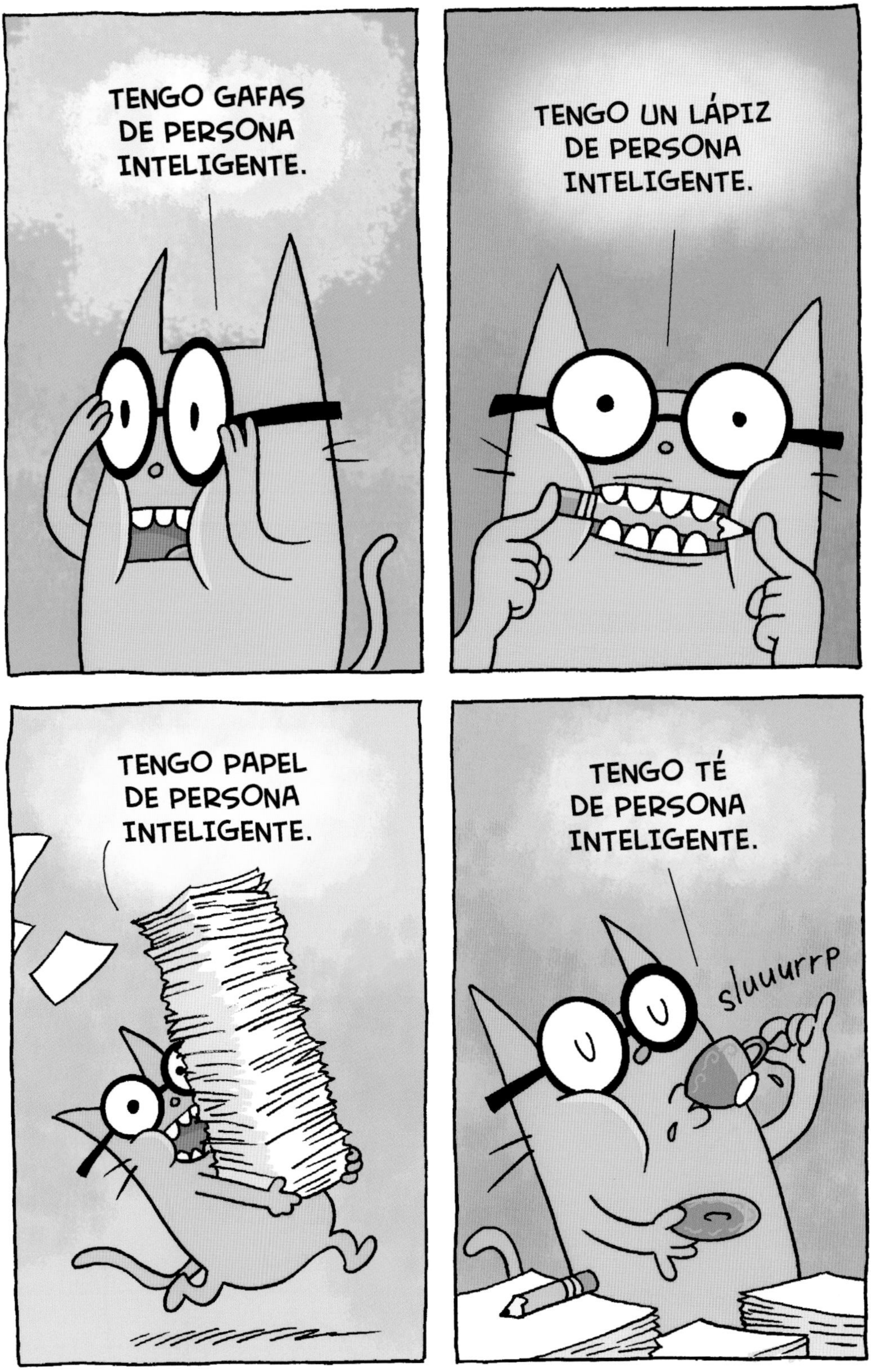
TENGO GAFAS DE PERSONA INTELIGENTE.
TENGO UN LÁPIZ DE PERSONA INTELIGENTE.
TENGO PAPEL DE PERSONA INTELIGENTE.
TENGO TÉ DE PERSONA INTELIGENTE.
sluuurrp

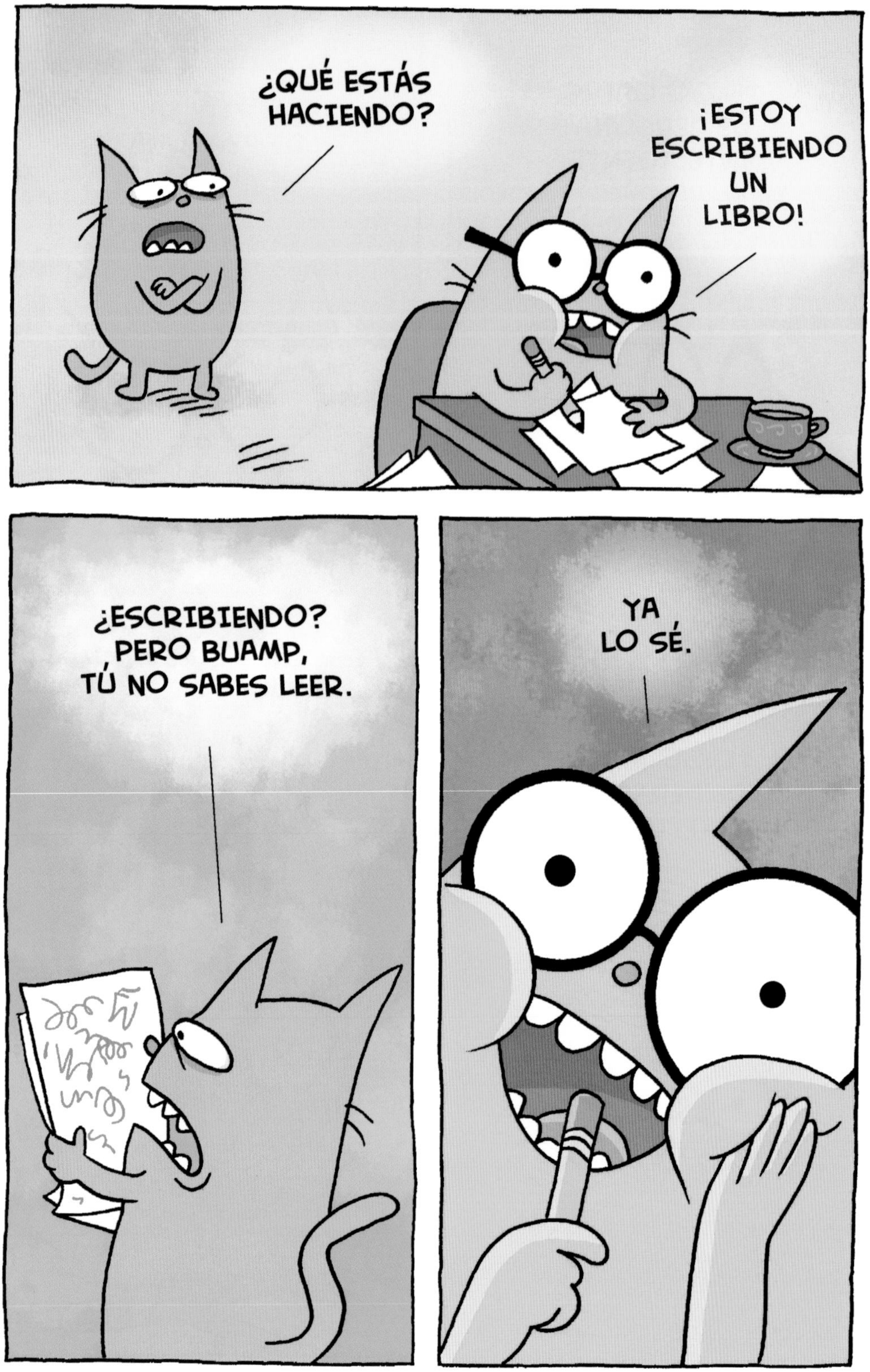
¿QUÉ ESTÁS HACIENDO?
¡ESTOY ESCRIBIENDO UN LIBRO!
¿ESCRIBIENDO? PERO BUAMP, TÚ NO SABES LEER.
YA LO SÉ.

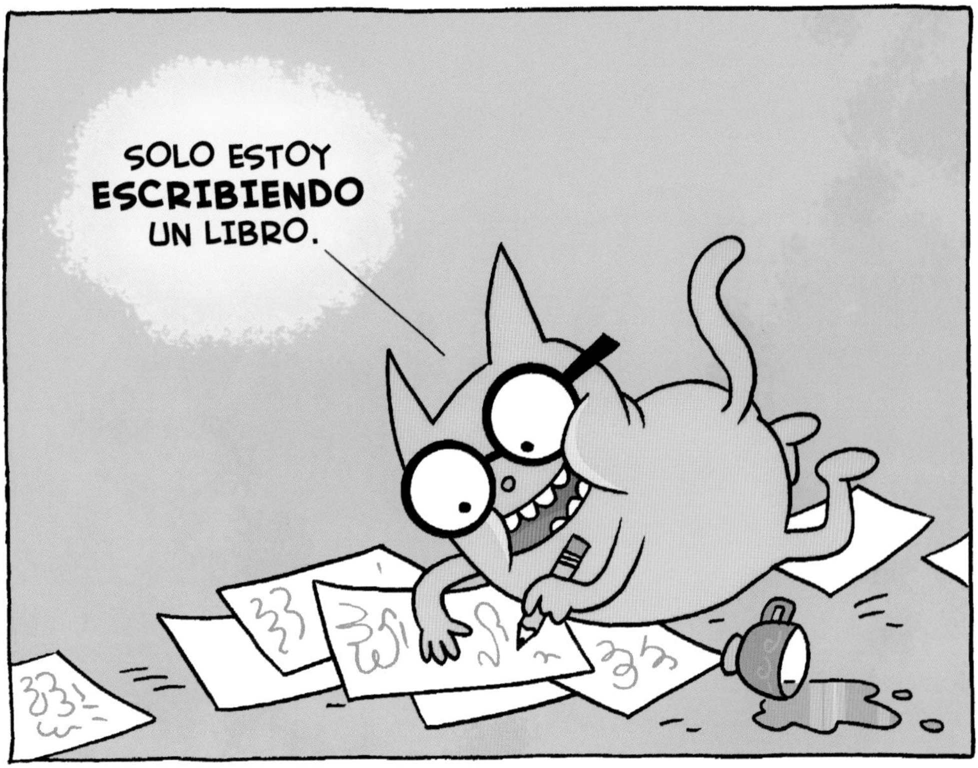
SOLO ESTOY **ESCRIBIENDO** UN LIBRO.

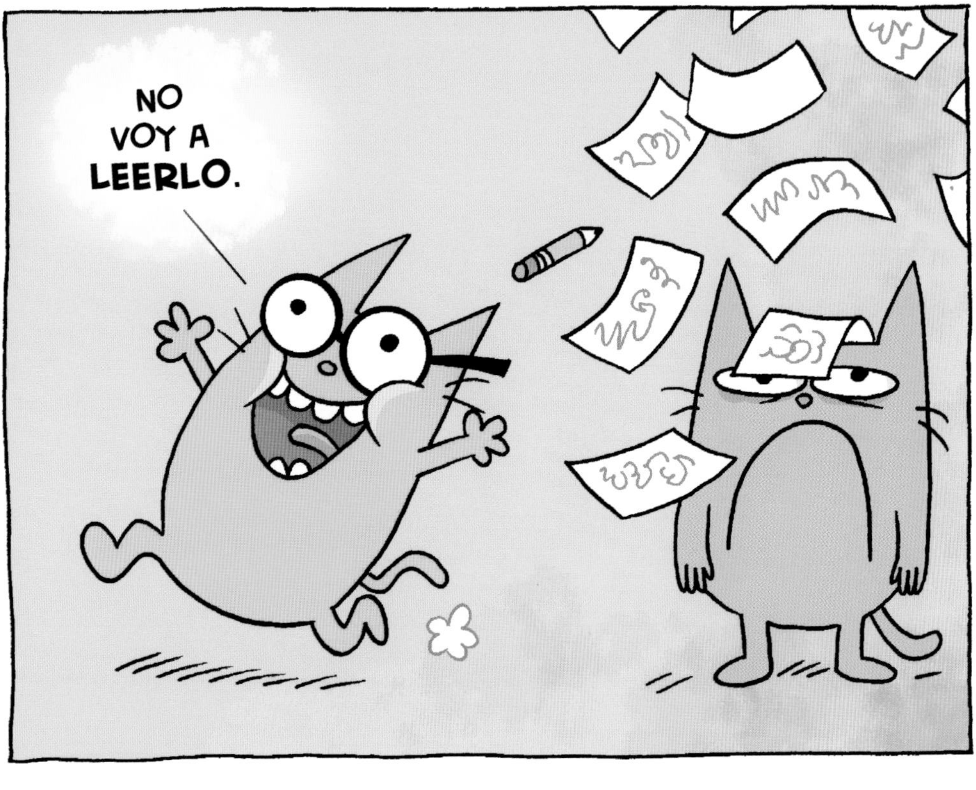
NO VOY A **LEERLO**.

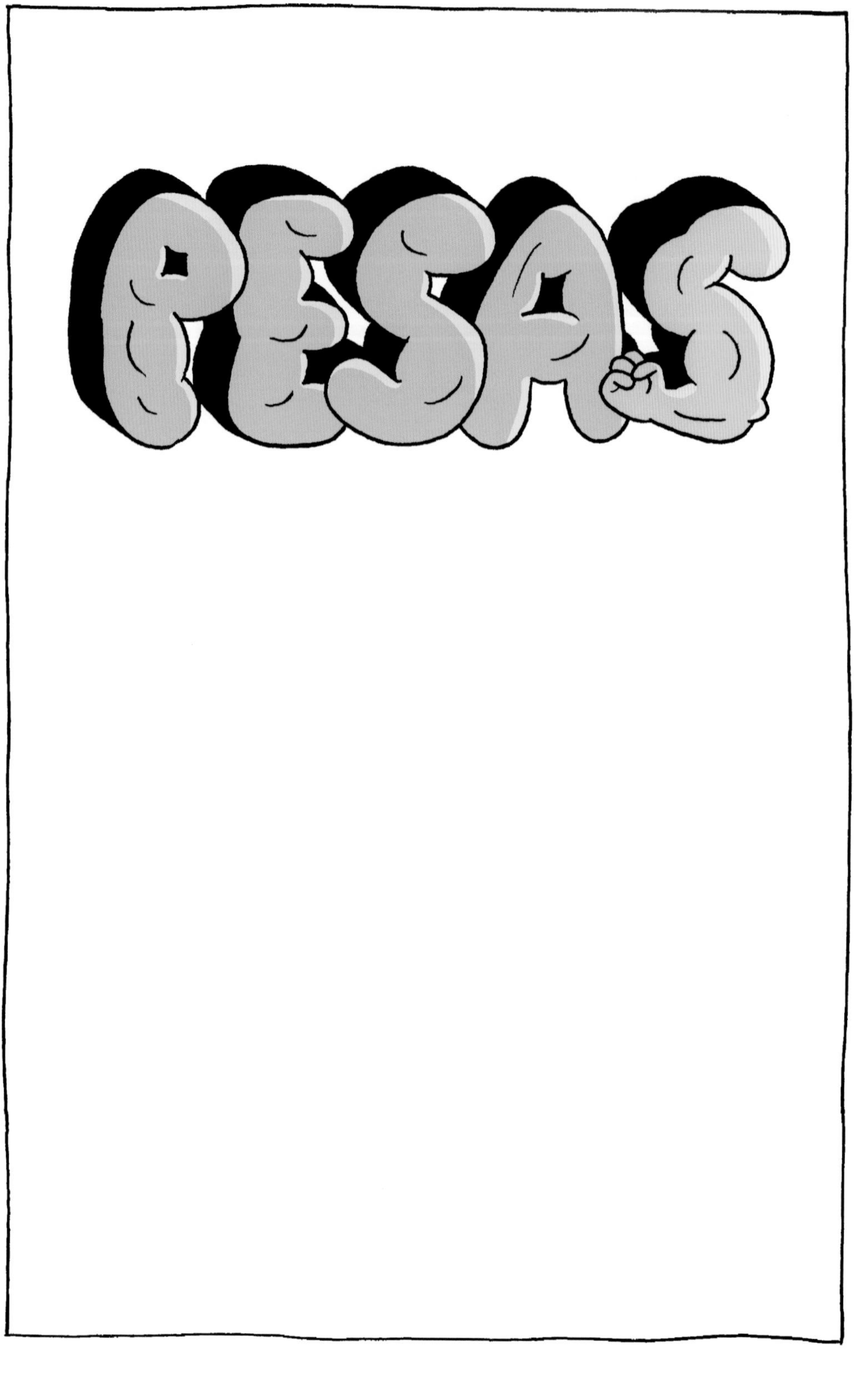
PESAS

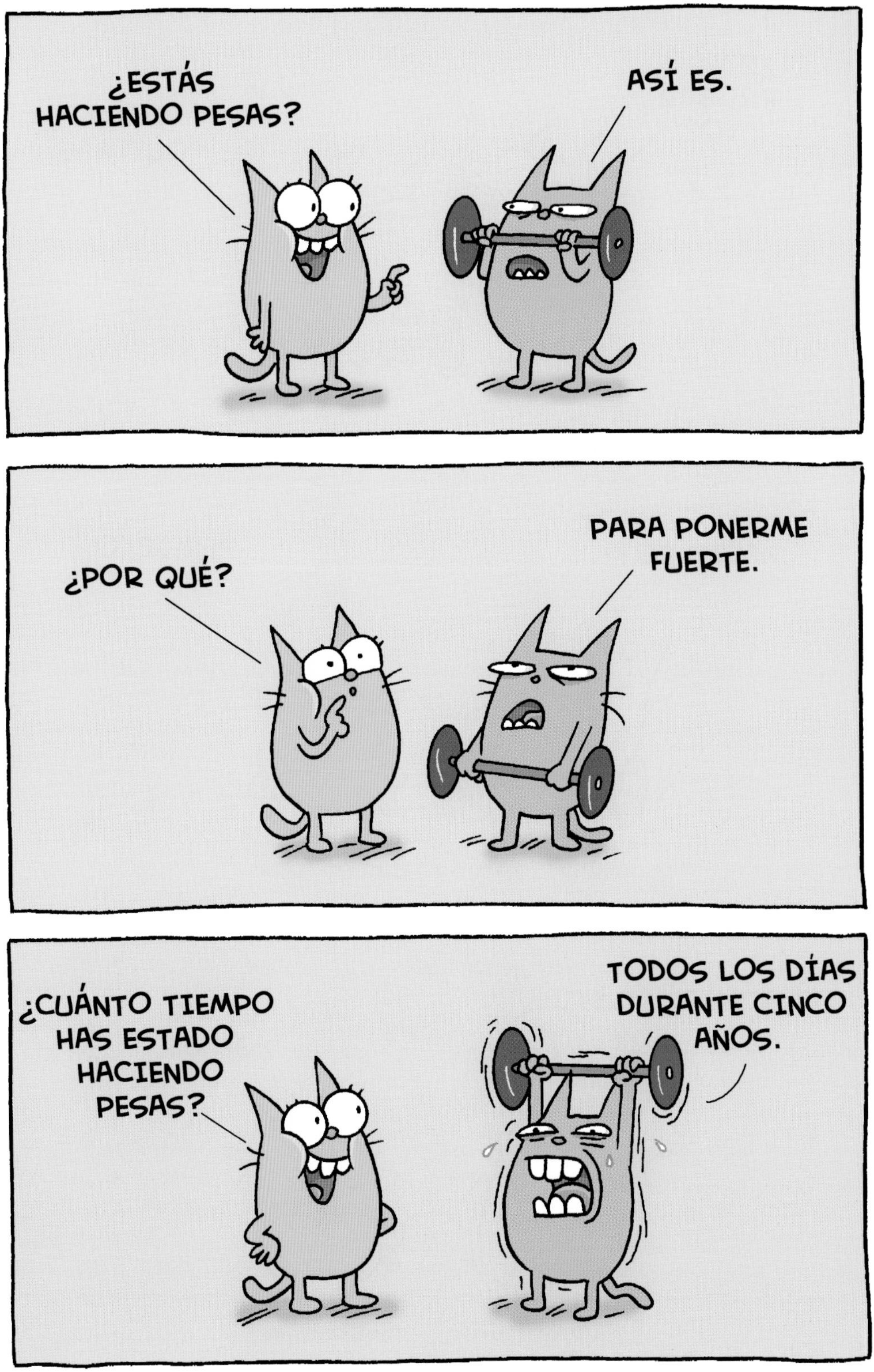
¿ESTÁS HACIENDO PESAS?
ASÍ ES.
¿POR QUÉ?
PARA PONERME FUERTE.
¿CUÁNTO TIEMPO HAS ESTADO HACIENDO PESAS?
TODOS LOS DÍAS DURANTE CINCO AÑOS.

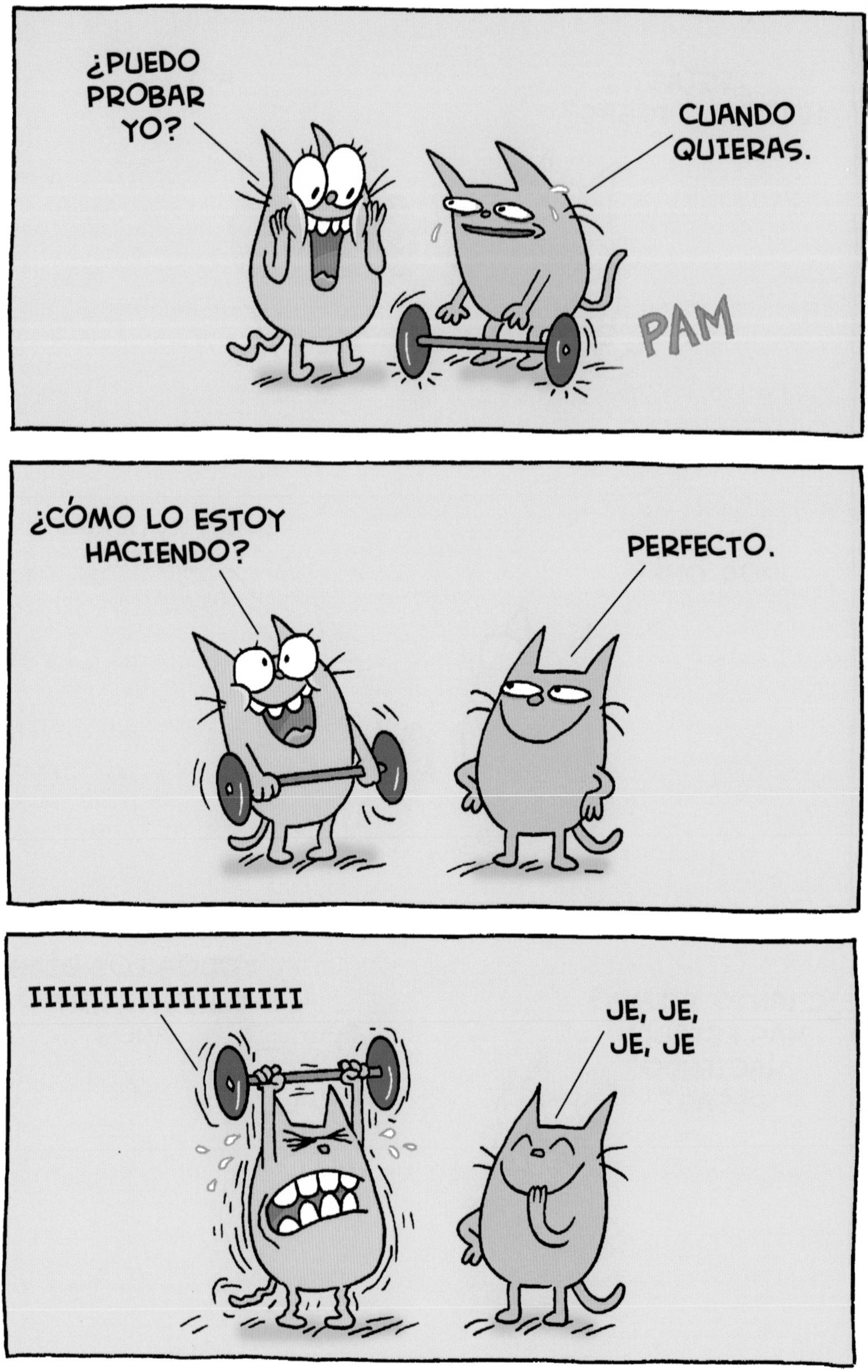
¿PUEDO PROBAR YO?
CUANDO QUIERAS.
PAM
¿CÓMO LO ESTOY HACIENDO?
PERFECTO.
IIIIIIIIIIIIIIIII
JE, JE, JE, JE

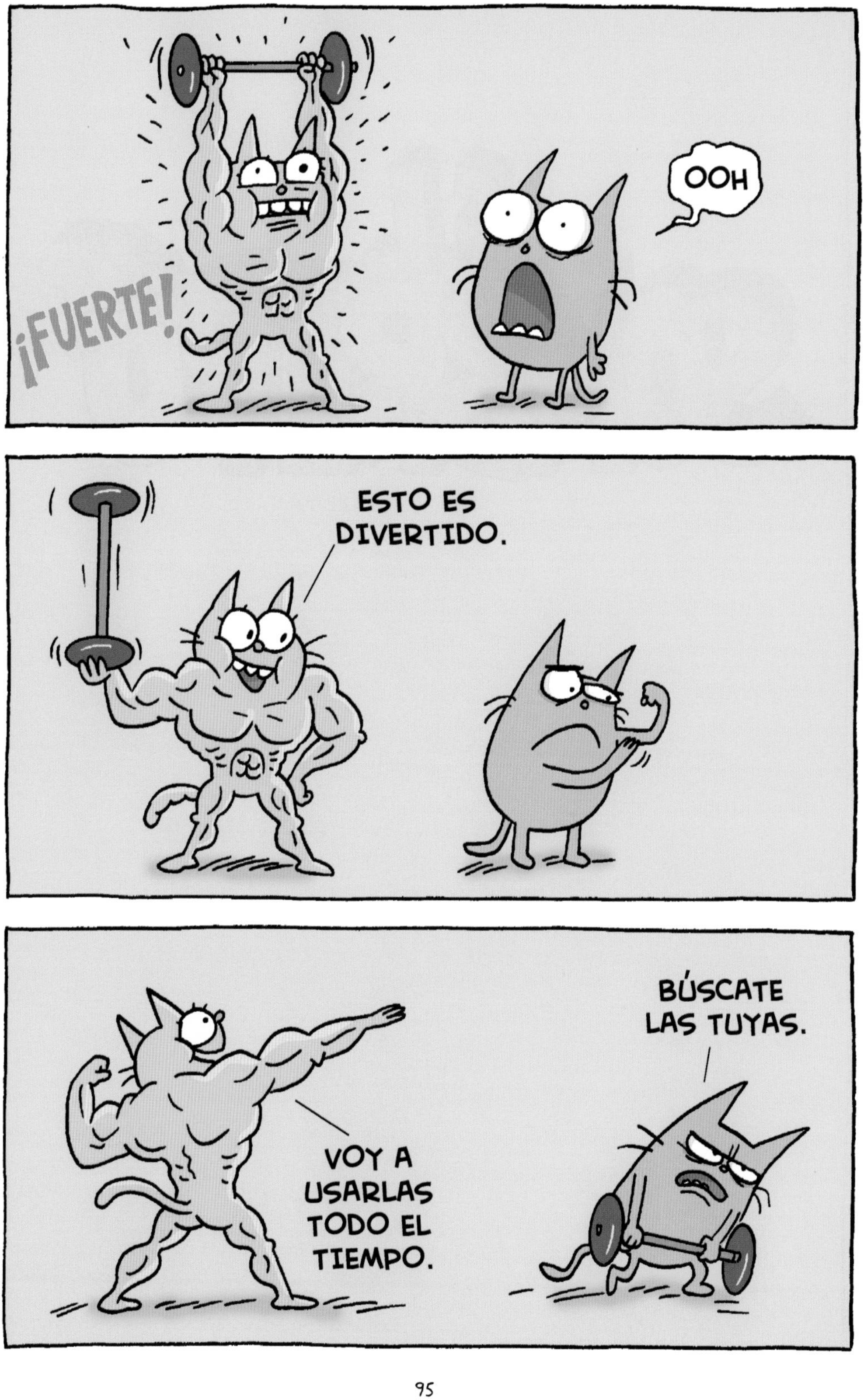
¡FUERTE!
OOH
ESTO ES DIVERTIDO.
VOY A USARLAS TODO EL TIEMPO.
BÚSCATE LAS TUYAS.

EL SOMBRERO

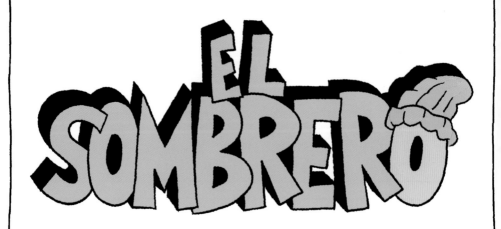

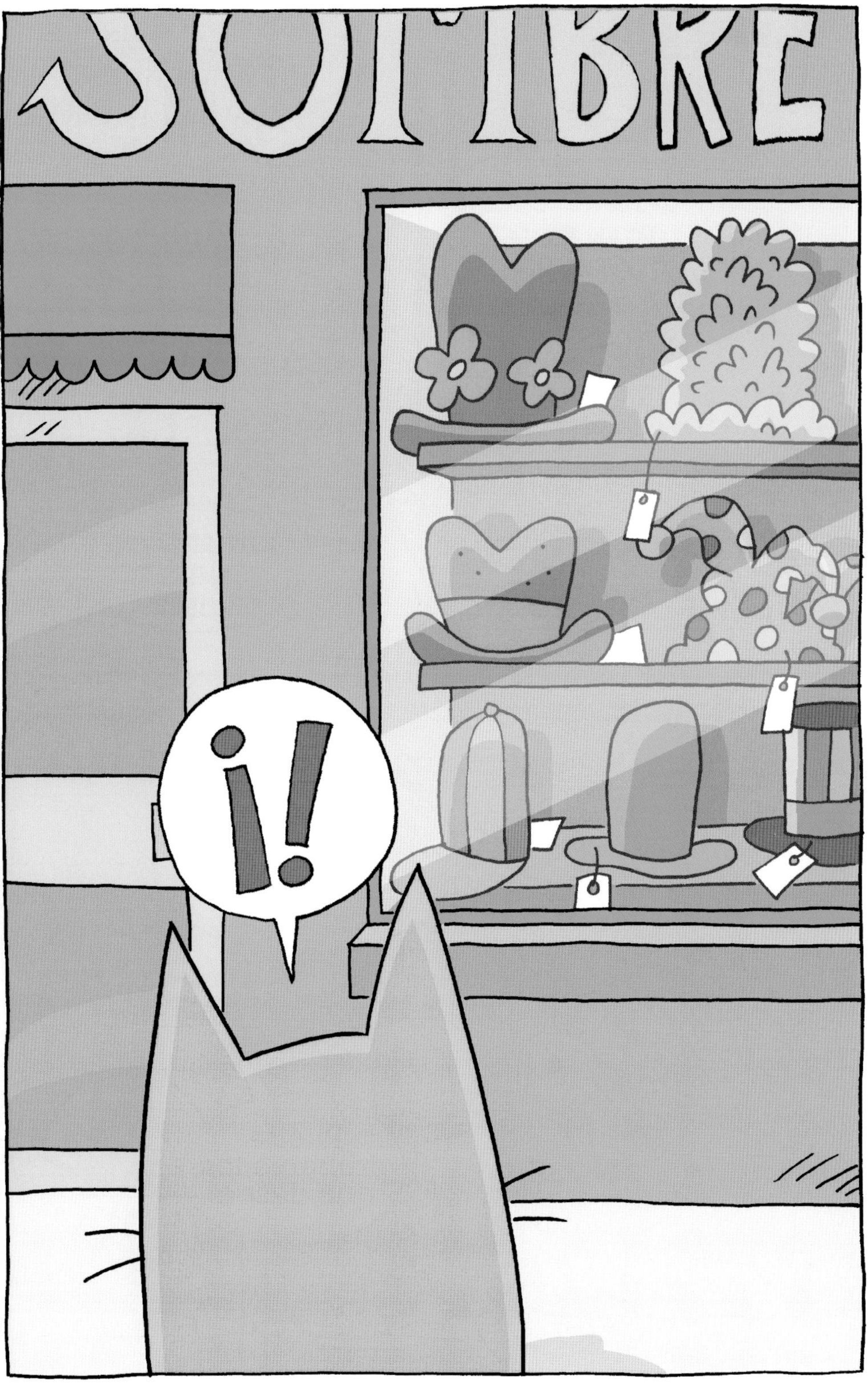
¡!

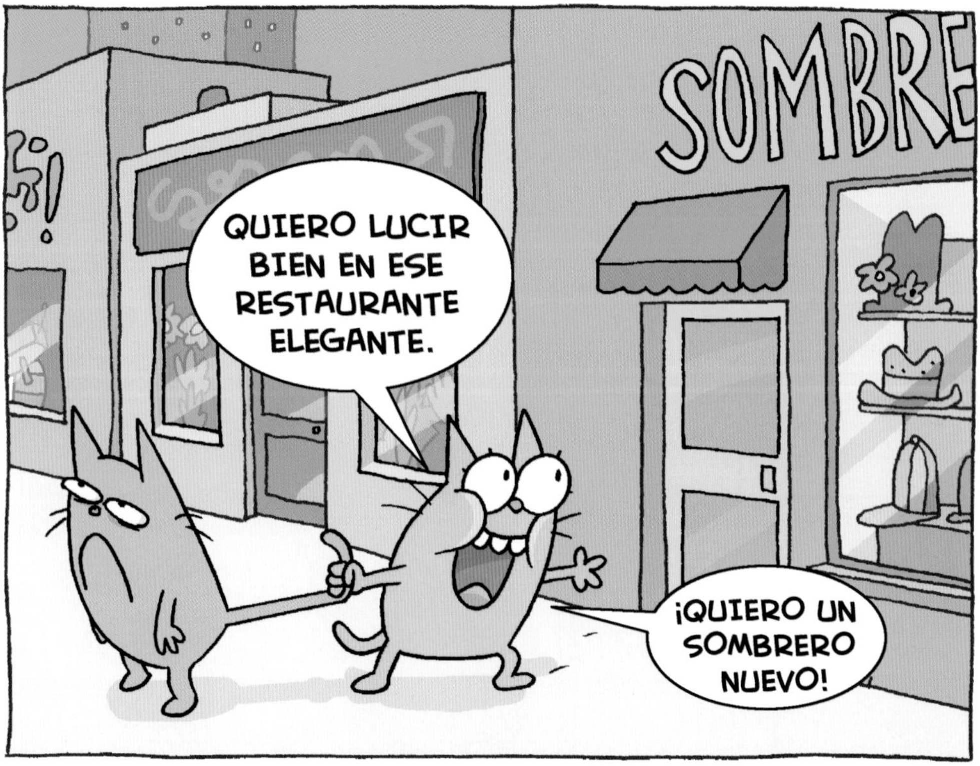
SOMBRE
QUIERO LUCIR BIEN EN ESE RESTAURANTE ELEGANTE.
¡QUIERO UN SOMBRERO NUEVO!

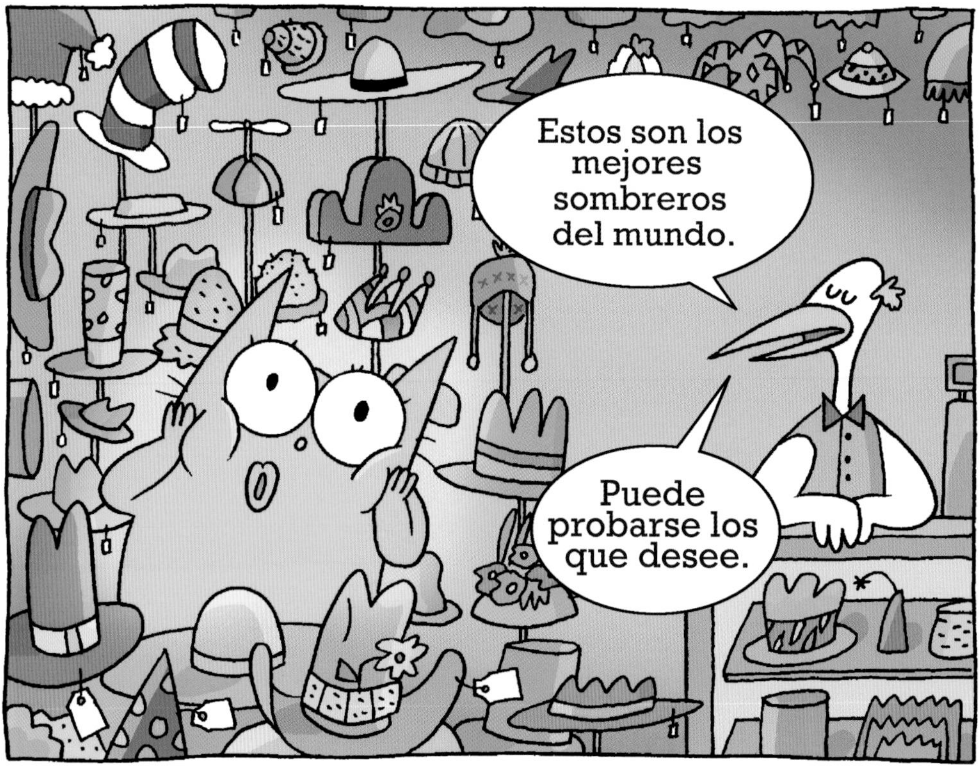
Estos son los mejores sombreros del mundo.
Puede probarse los que desee.

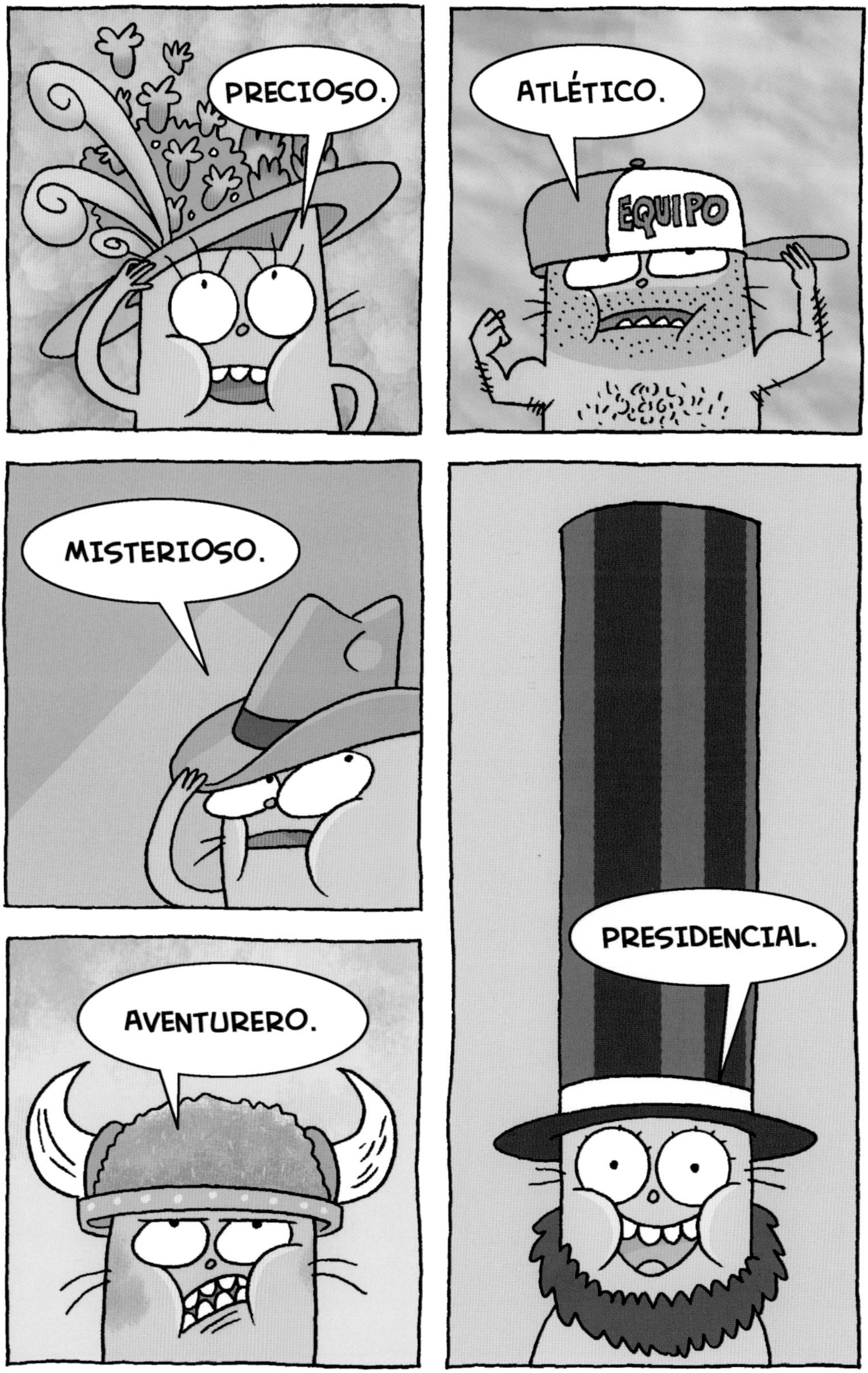
PRECIOSO.
ATLÉTICO.
EQUIPO
MISTERIOSO.
AVENTURERO.
PRESIDENCIAL.

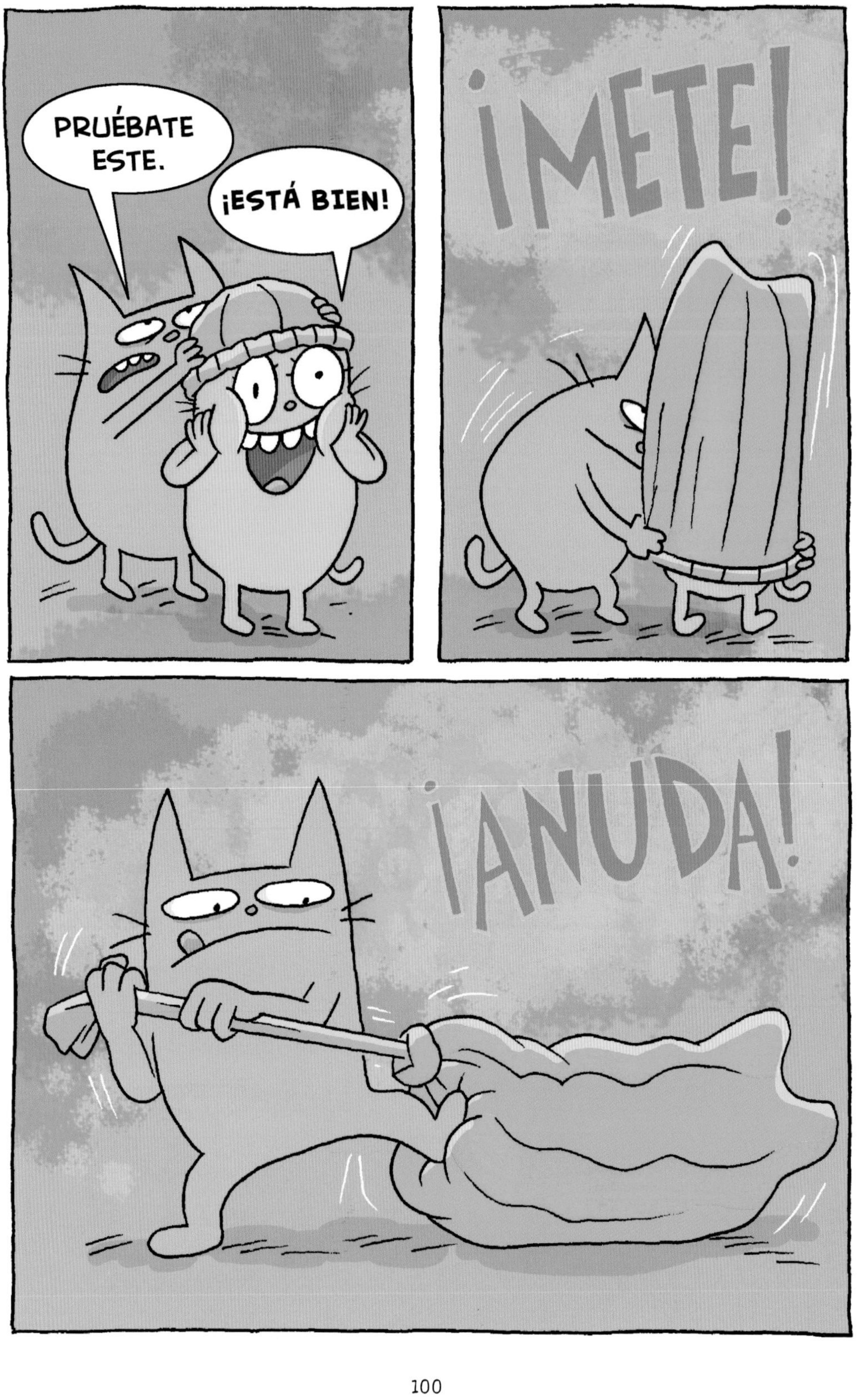
PRUÉBATE ESTE.
¡ESTÁ BIEN!
¡METE!
¡ANUDA!

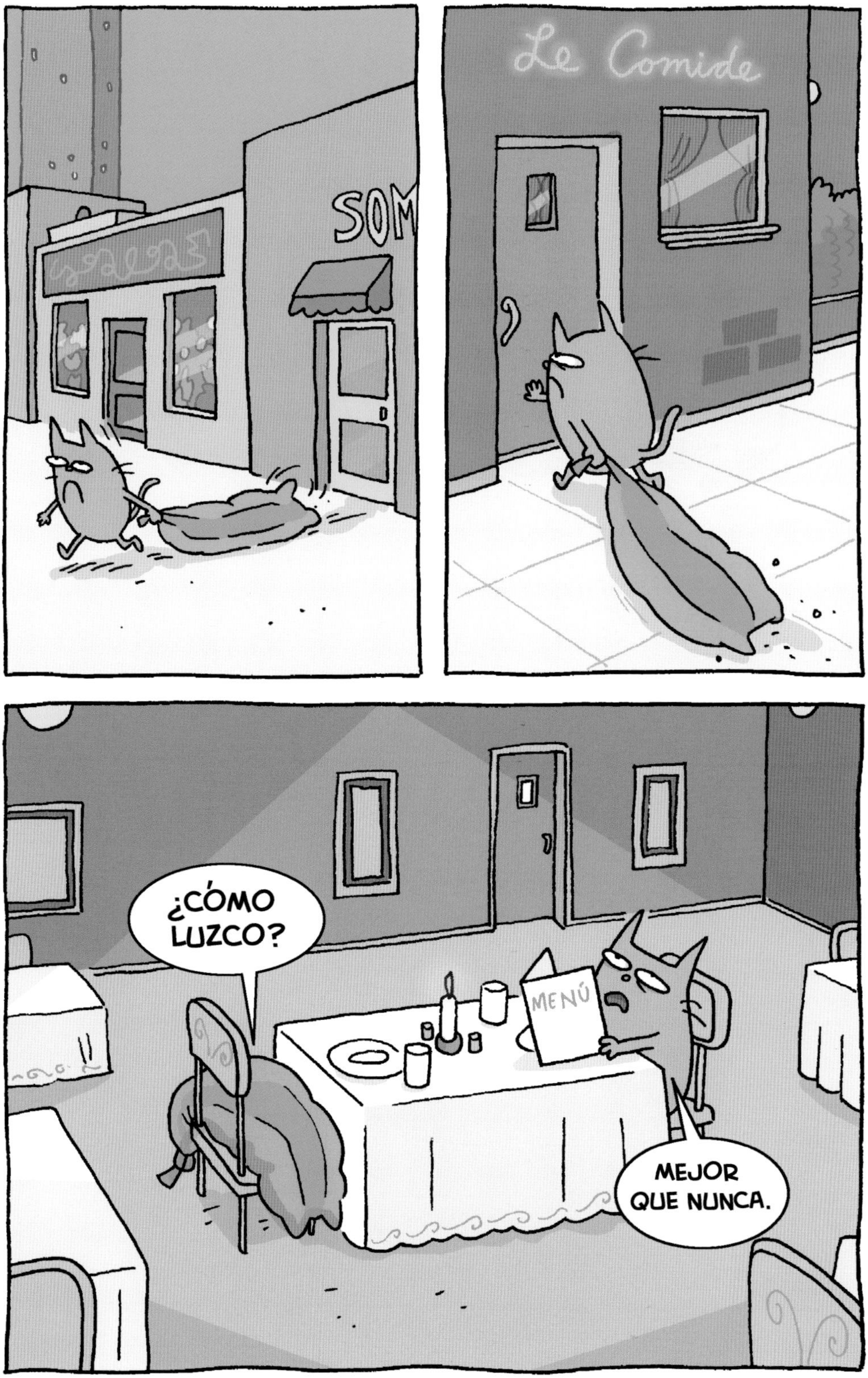
SOM
Le Comide
¿CÓMO LUZCO?
MENÚ
MEJOR QUE NUNCA.

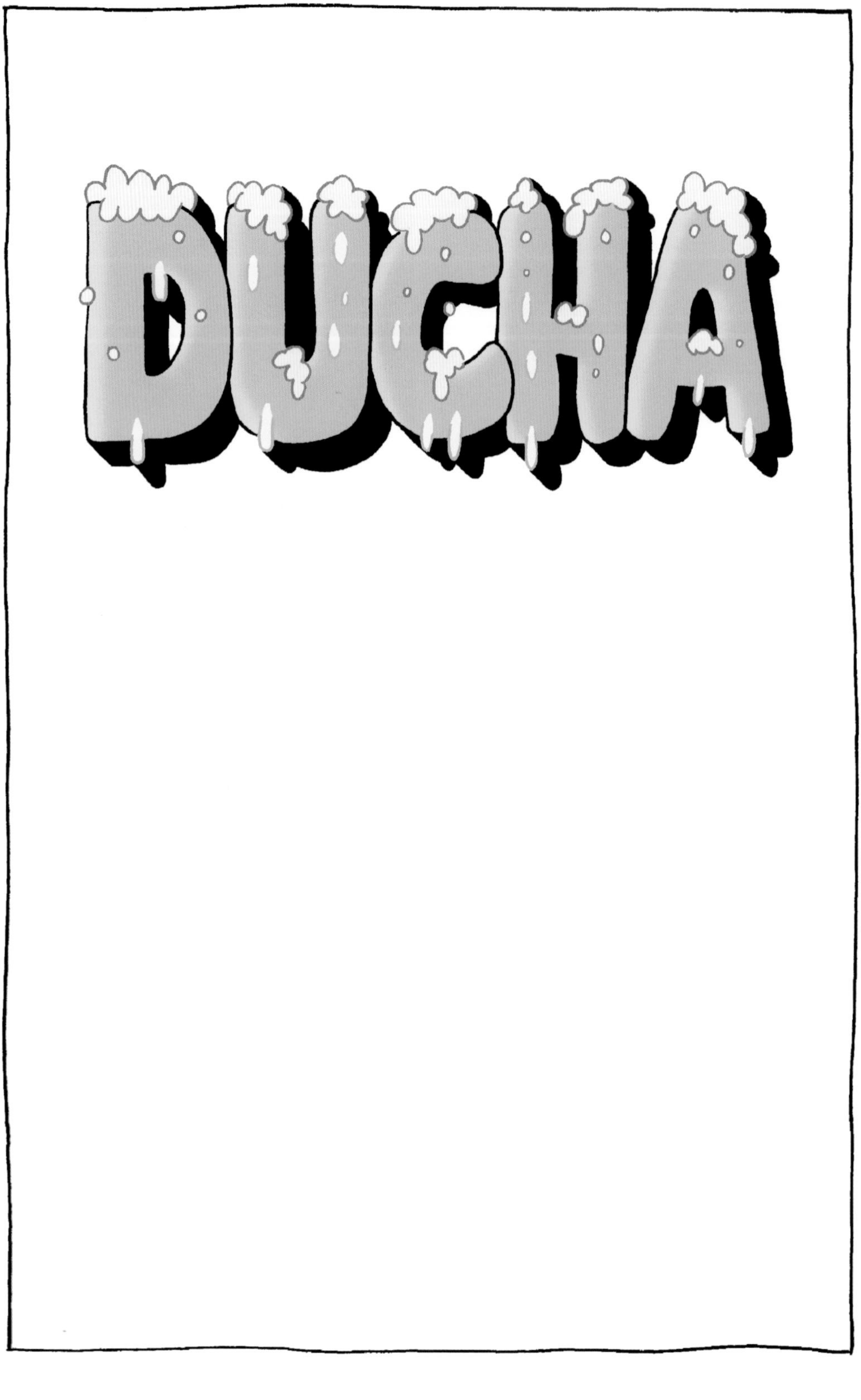
DUCHA

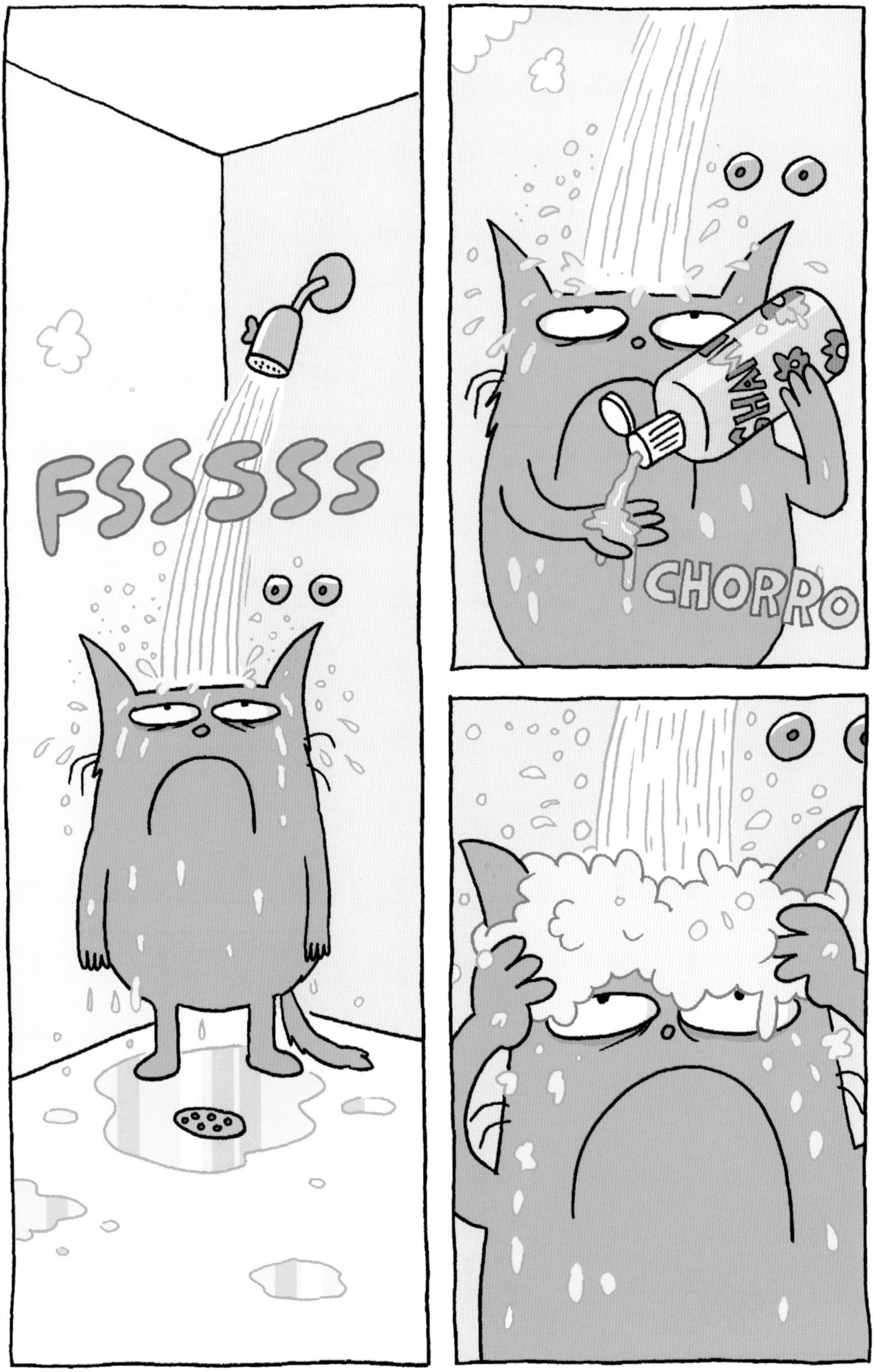
FSSSSS
CHORRO

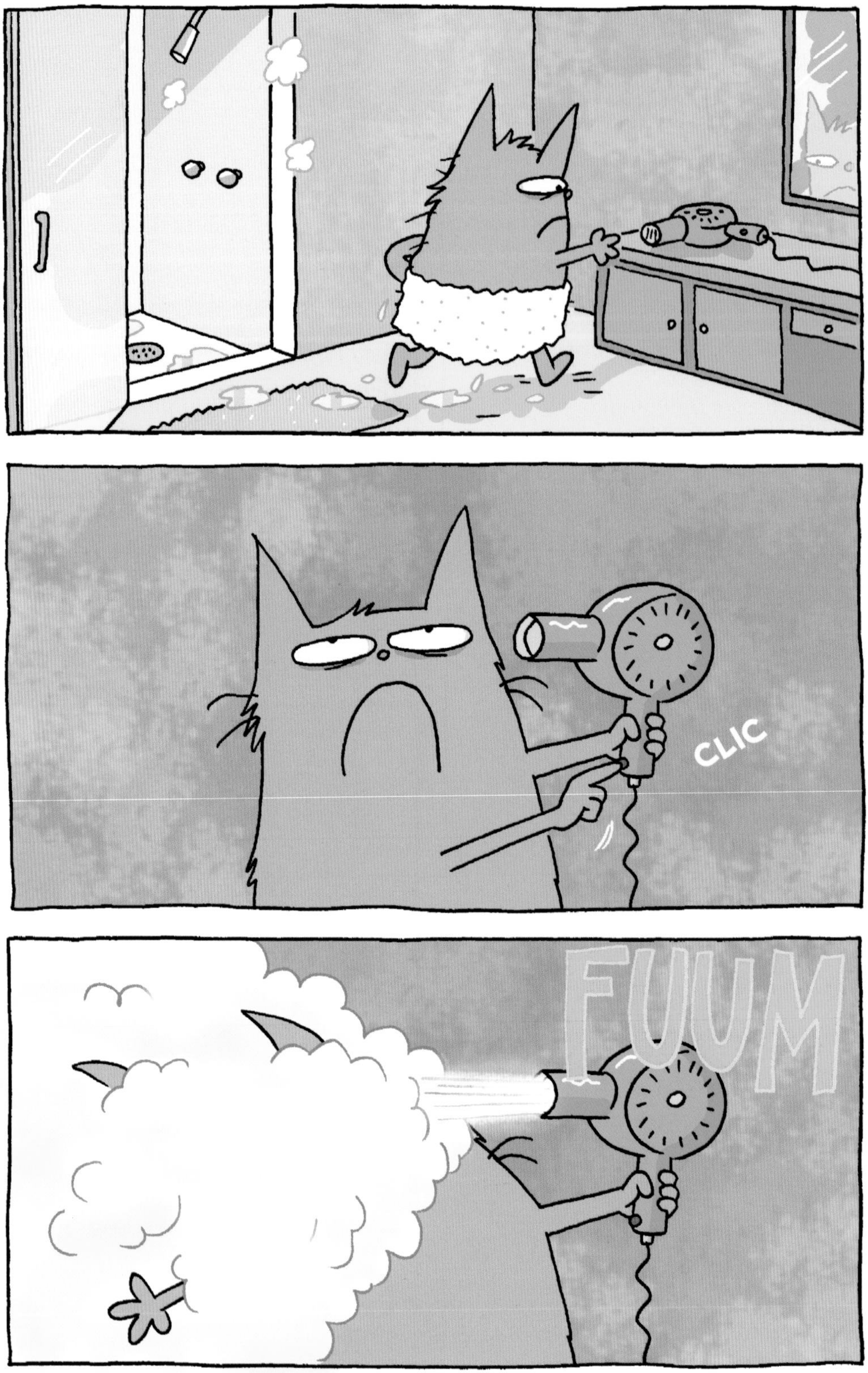
CLIC
FUUM

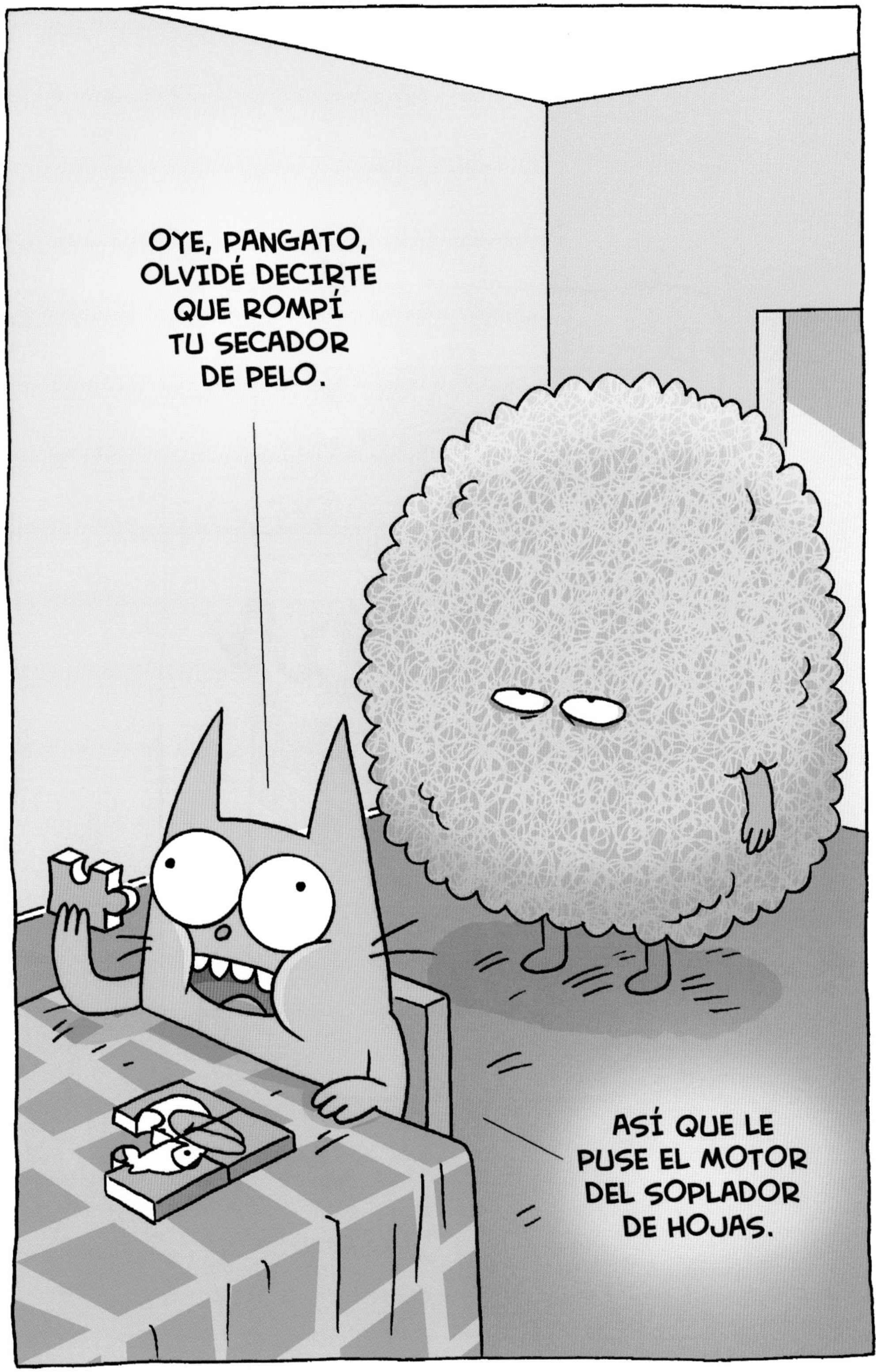
OYE, PANGATO, OLVIDÉ DECIRTE QUE ROMPÍ TU SECADOR DE PELO.
ASÍ QUE LE PUSE EL MOTOR DEL SOPLADOR DE HOJAS.

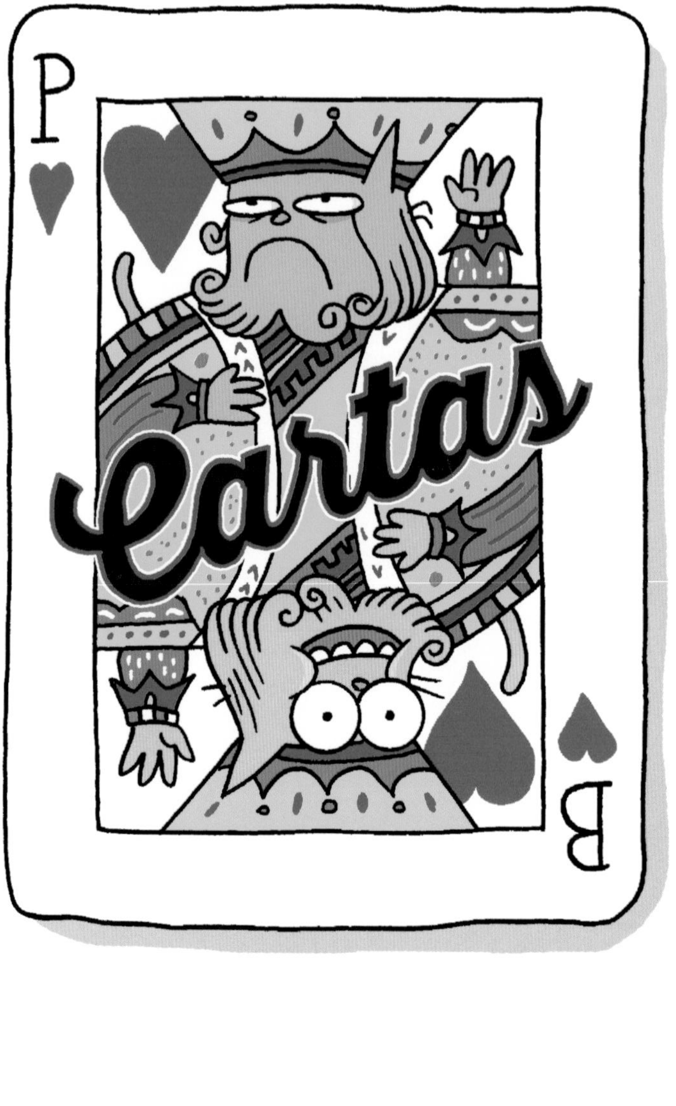
P
Cartas
B

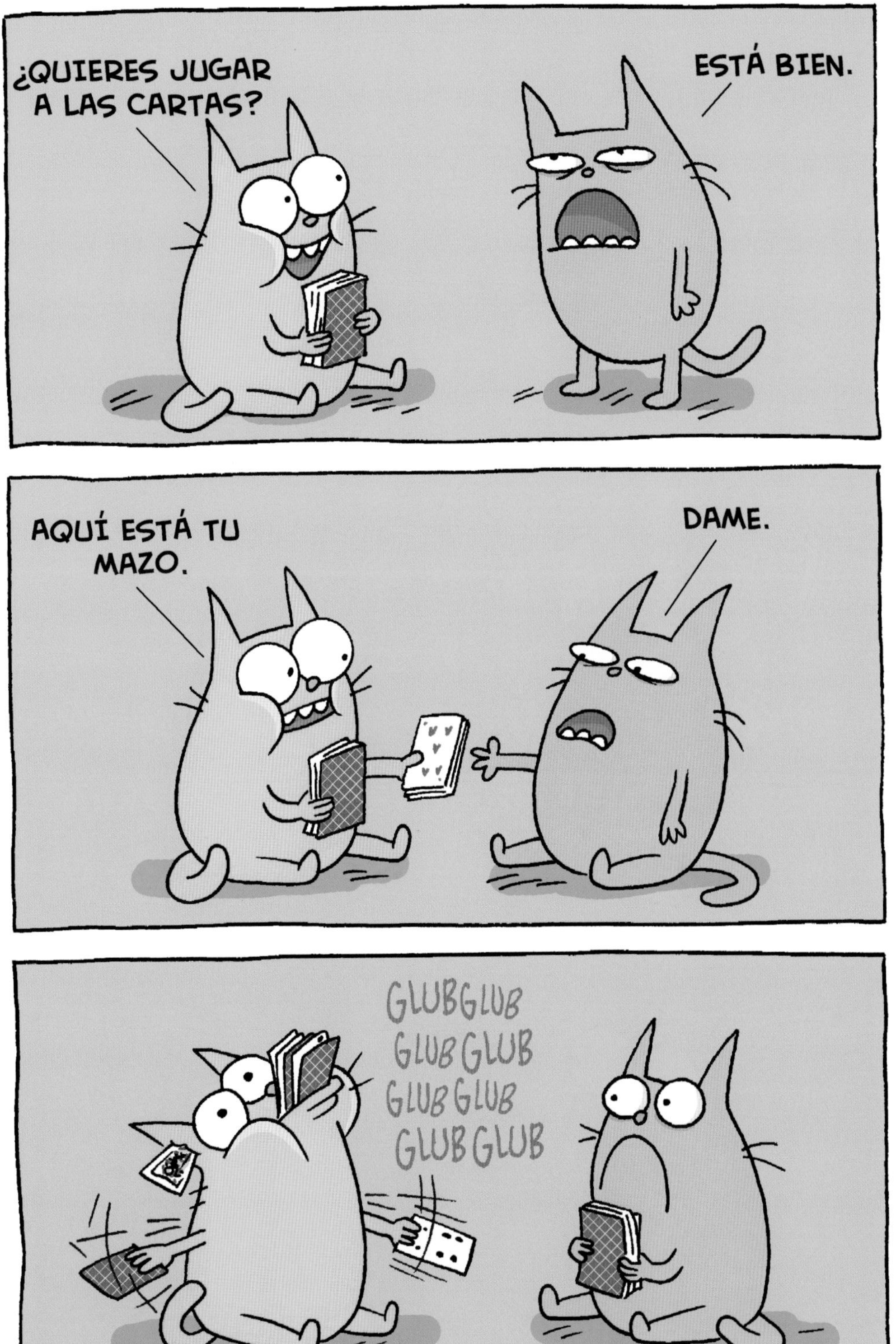
¿QUIERES JUGAR A LAS CARTAS?
ESTÁ BIEN.
AQUÍ ESTÁ TU MAZO.
DAME.
GLUBGLUB
GLUBGLUB
GLUBGLUB
GLUBGLUB

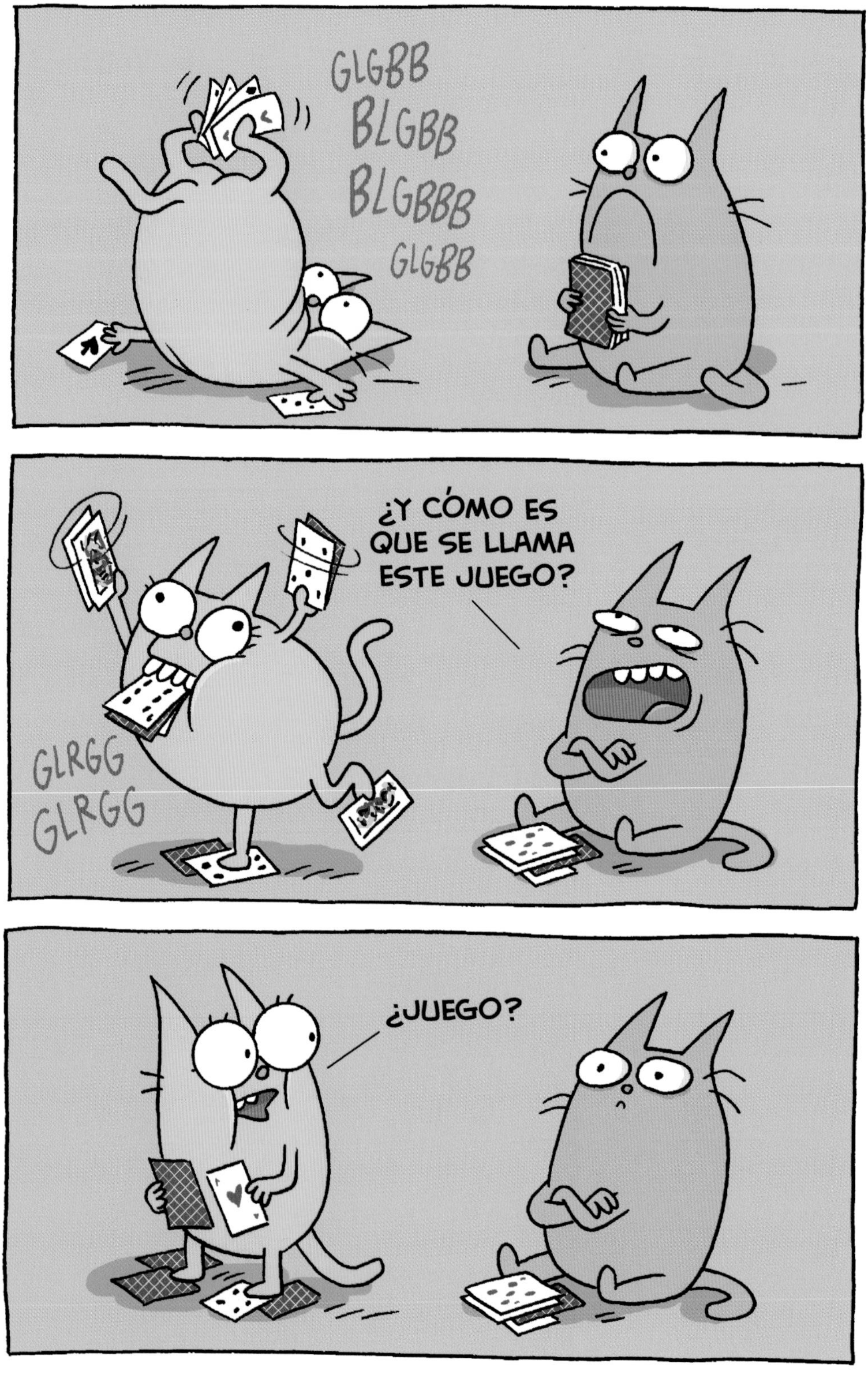
GLGBB
BLGBB
BLGBBB
GLGBB
¿Y CÓMO ES QUE SE LLAMA ESTE JUEGO?
GLRGG
GLRGG
¿JUEGO?

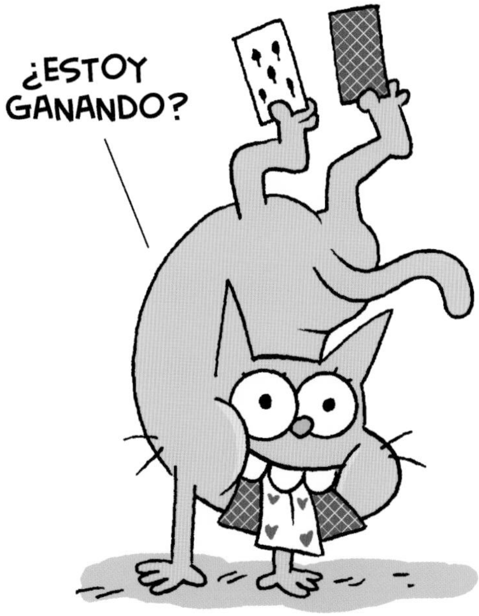
¿ESTOY GANANDO?

PLANTA

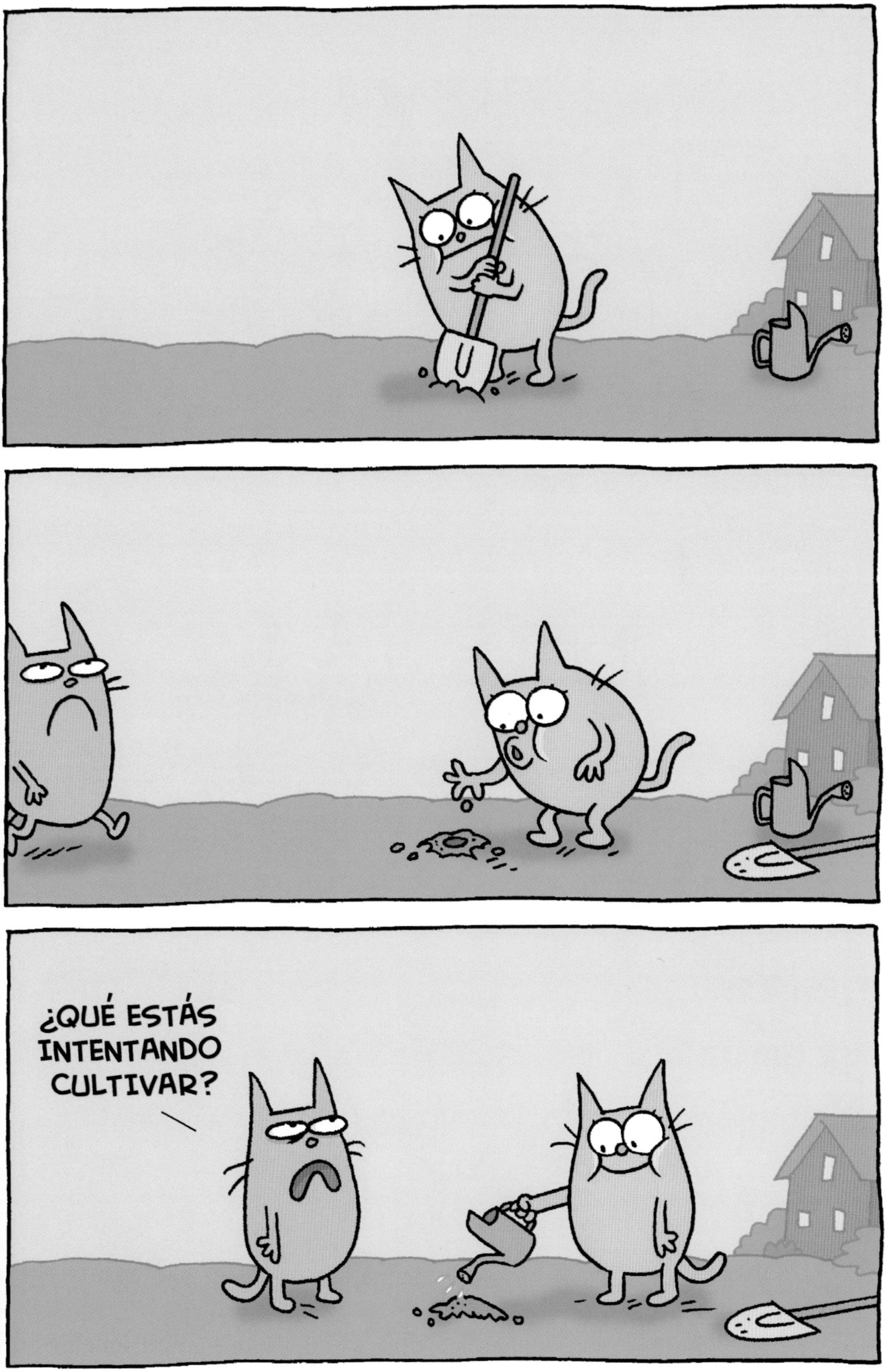
¿QUÉ ESTÁS INTENTANDO CULTIVAR?

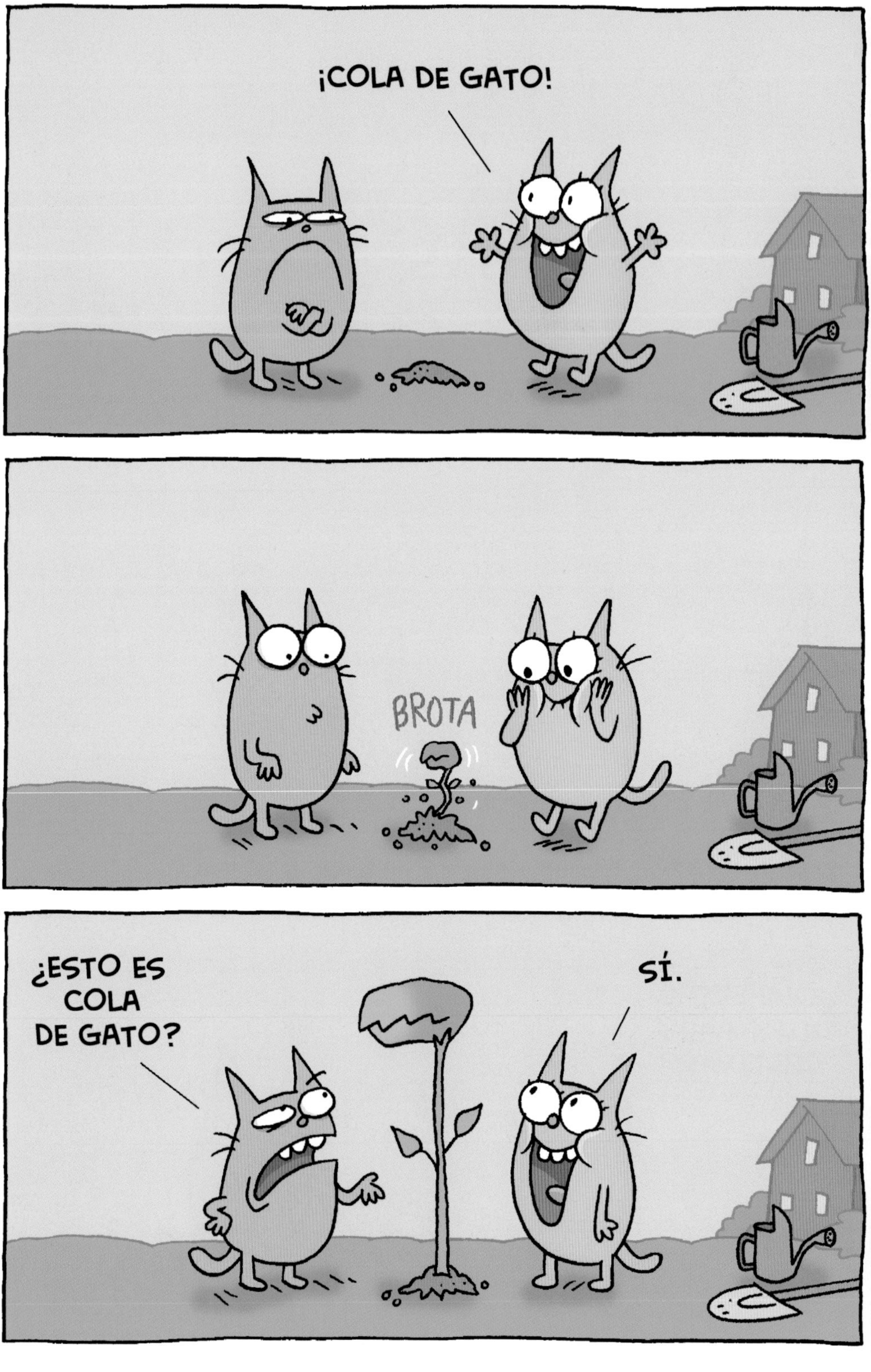
¡COLA DE GATO!
BROTA
¿ESTO ES COLA DE GATO?
SÍ.

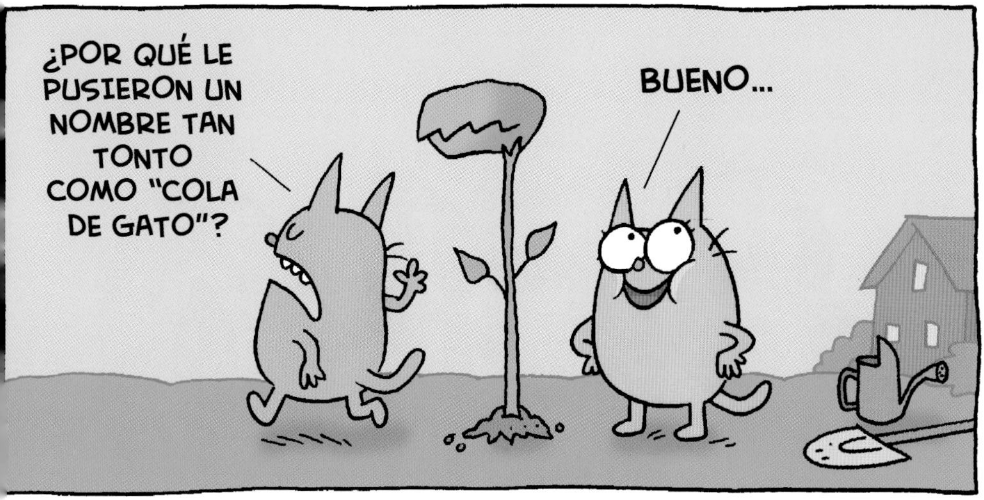
¿POR QUÉ LE PUSIERON UN NOMBRE TAN TONTO COMO "COLA DE GATO"?
BUENO...

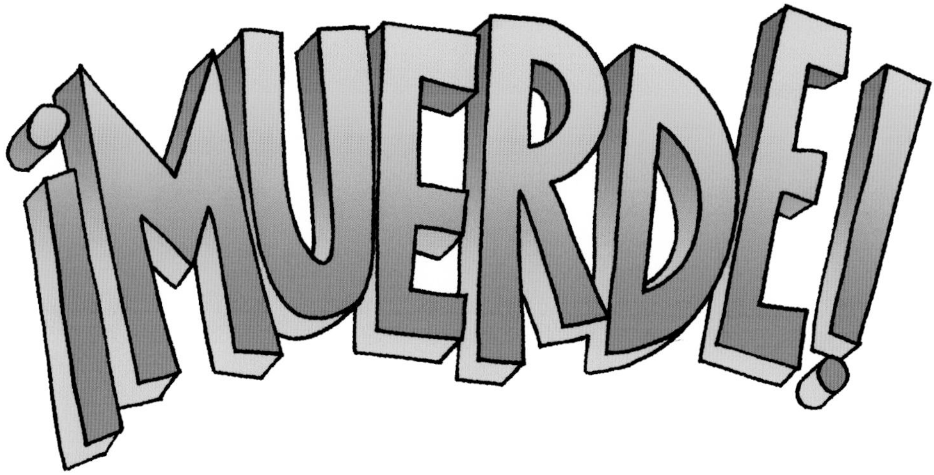
¡MUERDE!

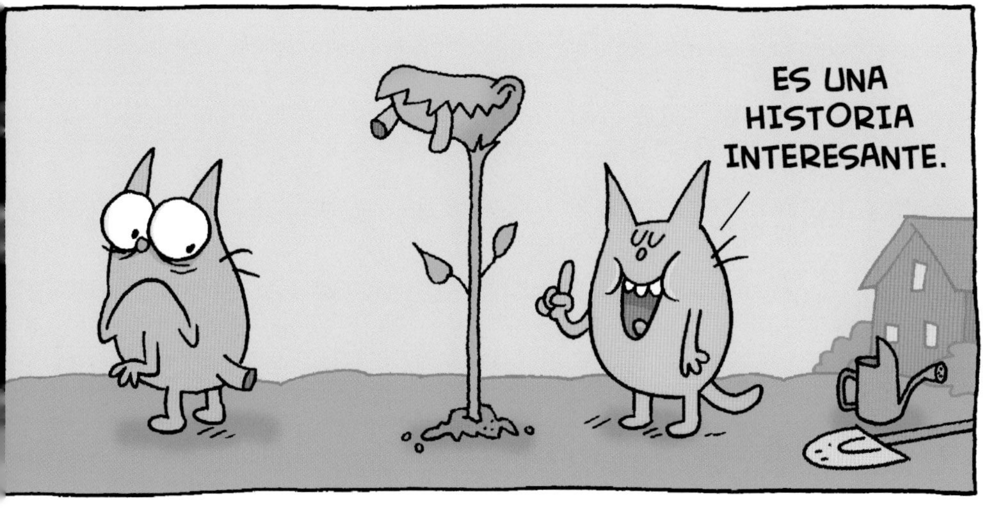
ES UNA HISTORIA INTERESANTE.

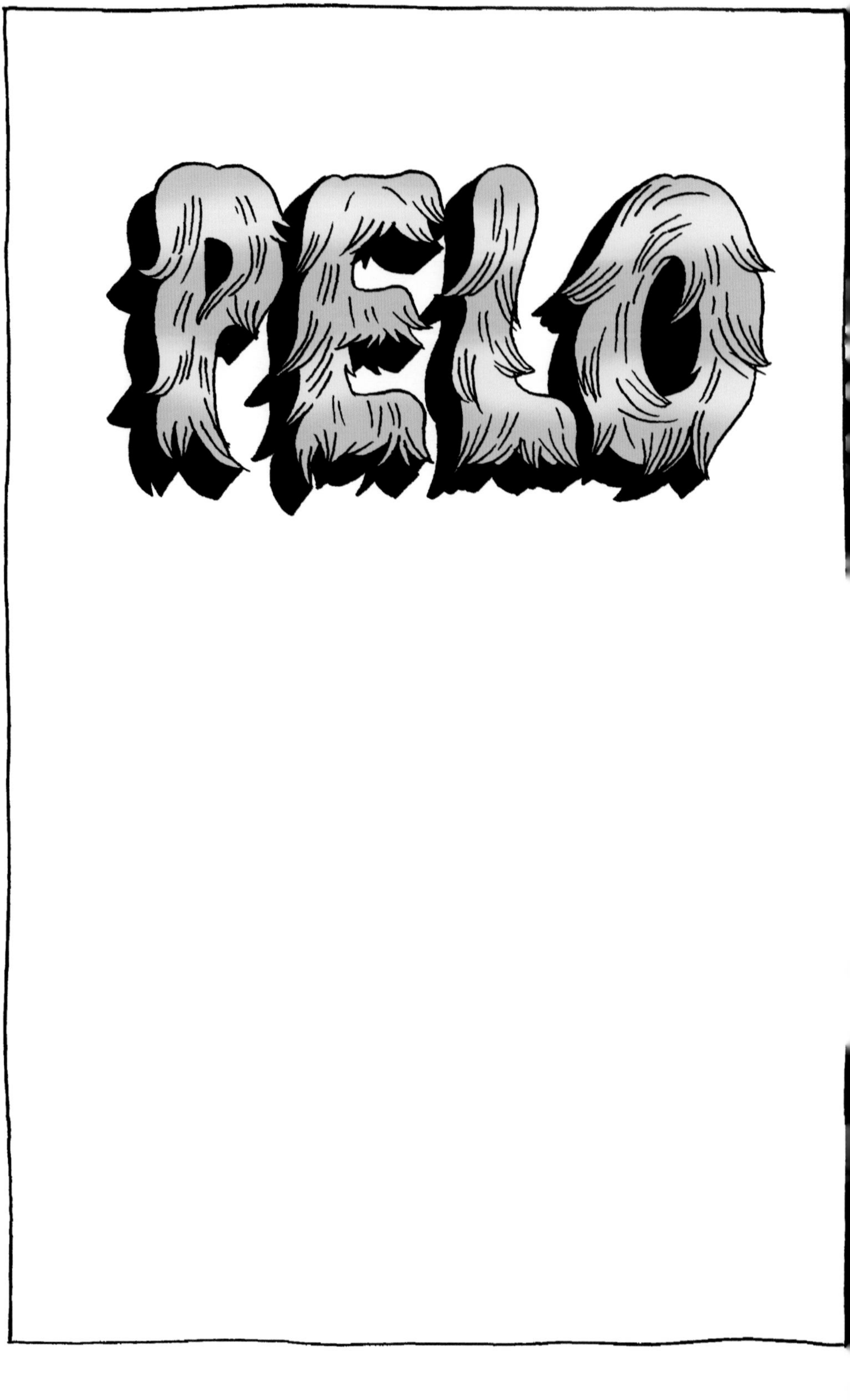
PELO

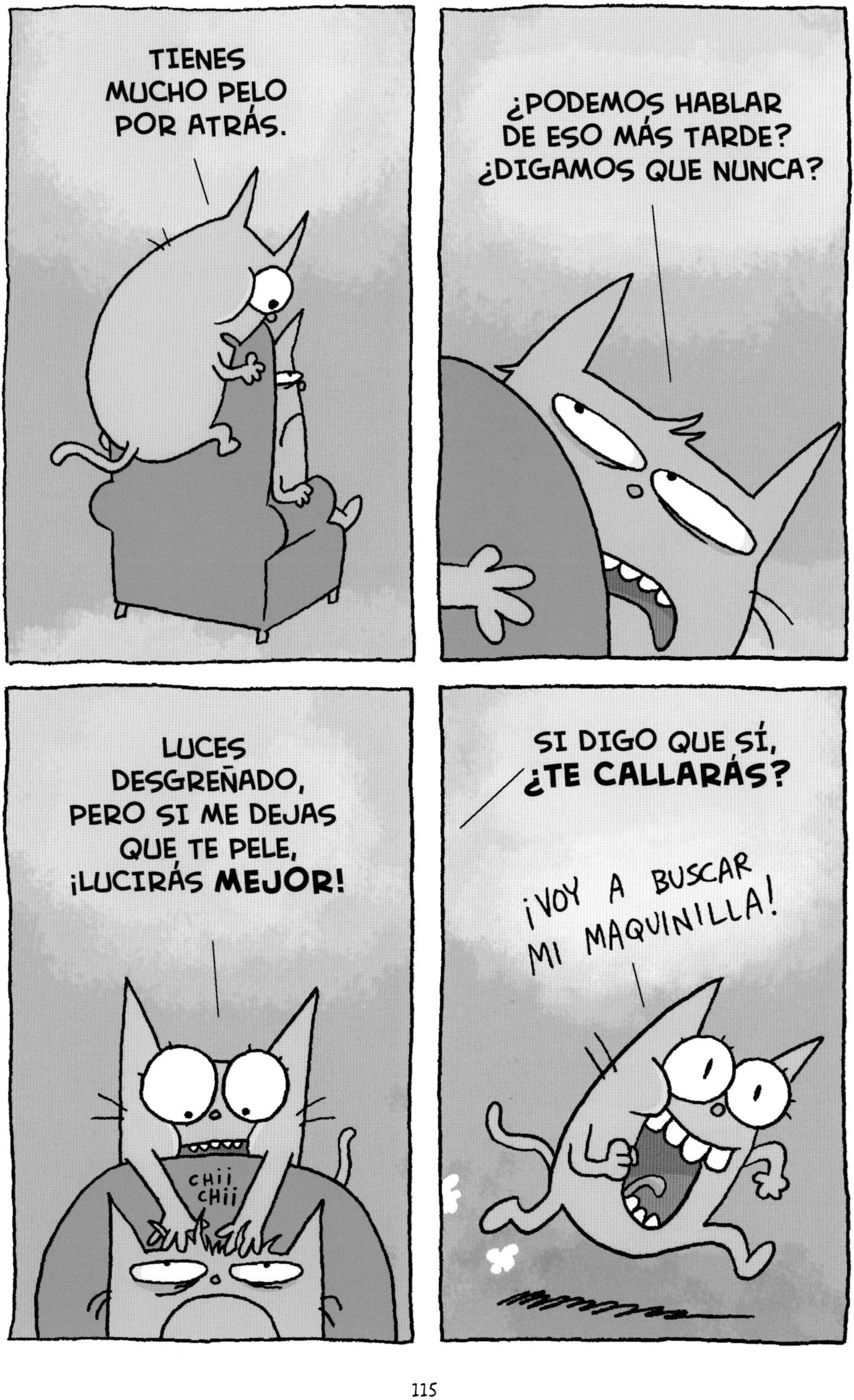

TIENES MUCHO PELO POR ATRÁS.
¿PODEMOS HABLAR DE ESO MÁS TARDE? ¿DIGAMOS QUE NUNCA?
LUCES DESGREÑADO, PERO SI ME DEJAS QUE TE PELE, ¡LUCIRÁS **MEJOR**!
CHII CHII
SI DIGO QUE SÍ, **¿TE CALLARÁS?**
¡VOY A BUSCAR MI MAQUINILLA!

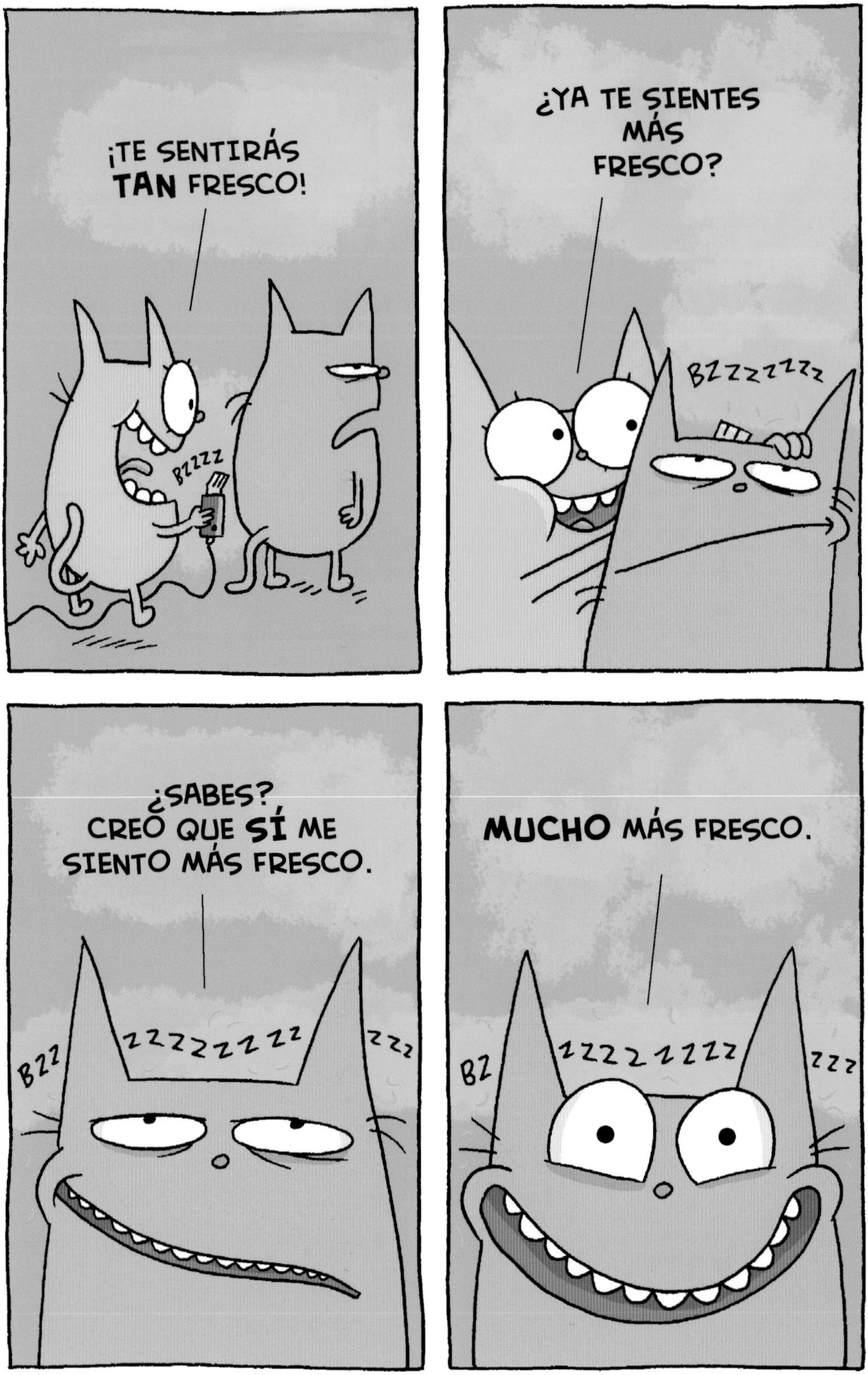
¡TE SENTIRÁS TAN FRESCO!
BZZZZ
¿YA TE SIENTES MÁS FRESCO?
BZZZZZZZZ
¿SABES? CREO QUE SÍ ME SIENTO MÁS FRESCO.
BZZ
ZZZZZZZZZ
ZZZ
MUCHO MÁS FRESCO.
BZ
ZZZZZZZZZ
ZZZ

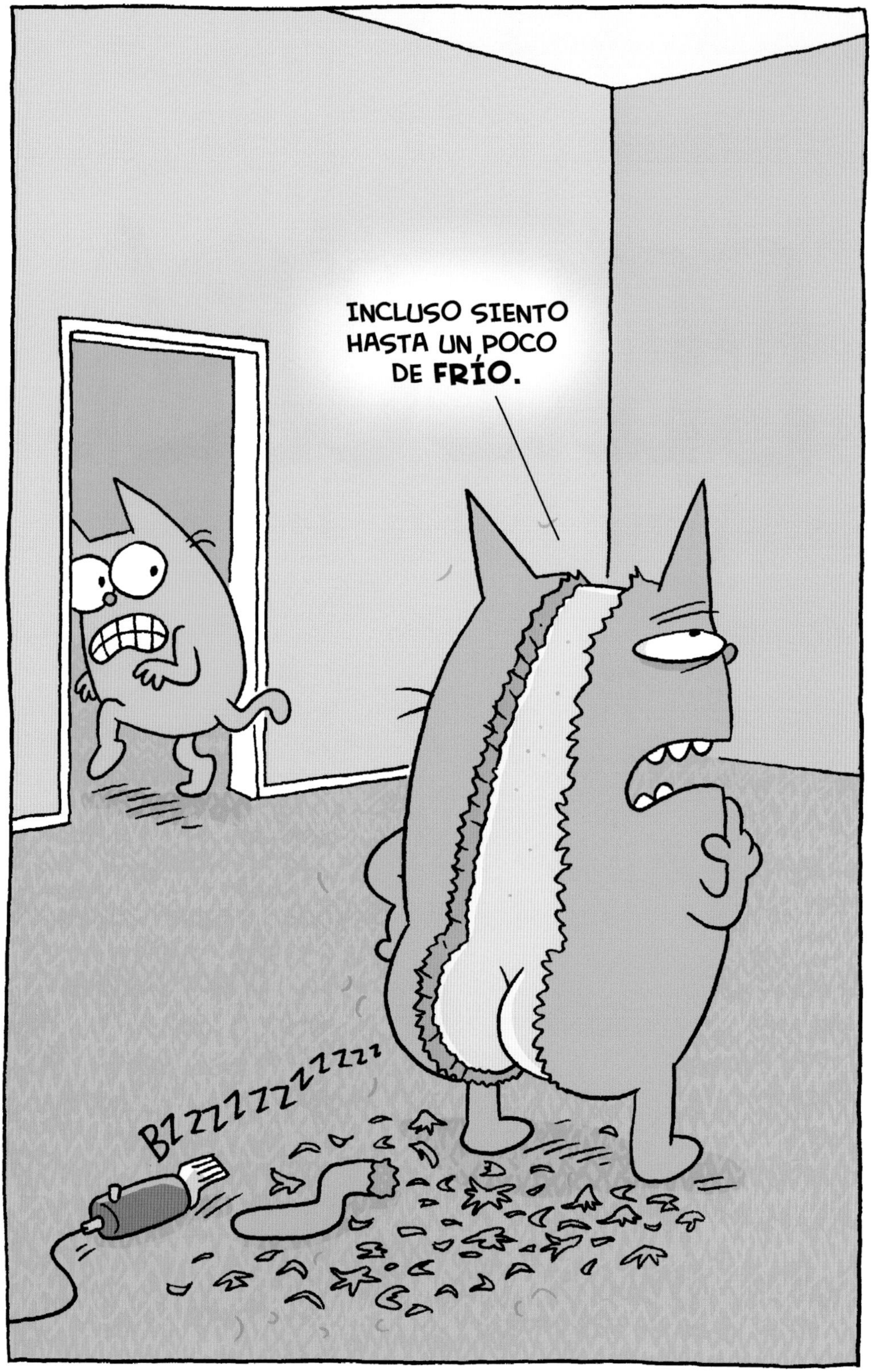
INCLUSO SIENTO HASTA UN POCO DE **FRÍO.**
BZZZZZZZZZZZZZ

PINTURA

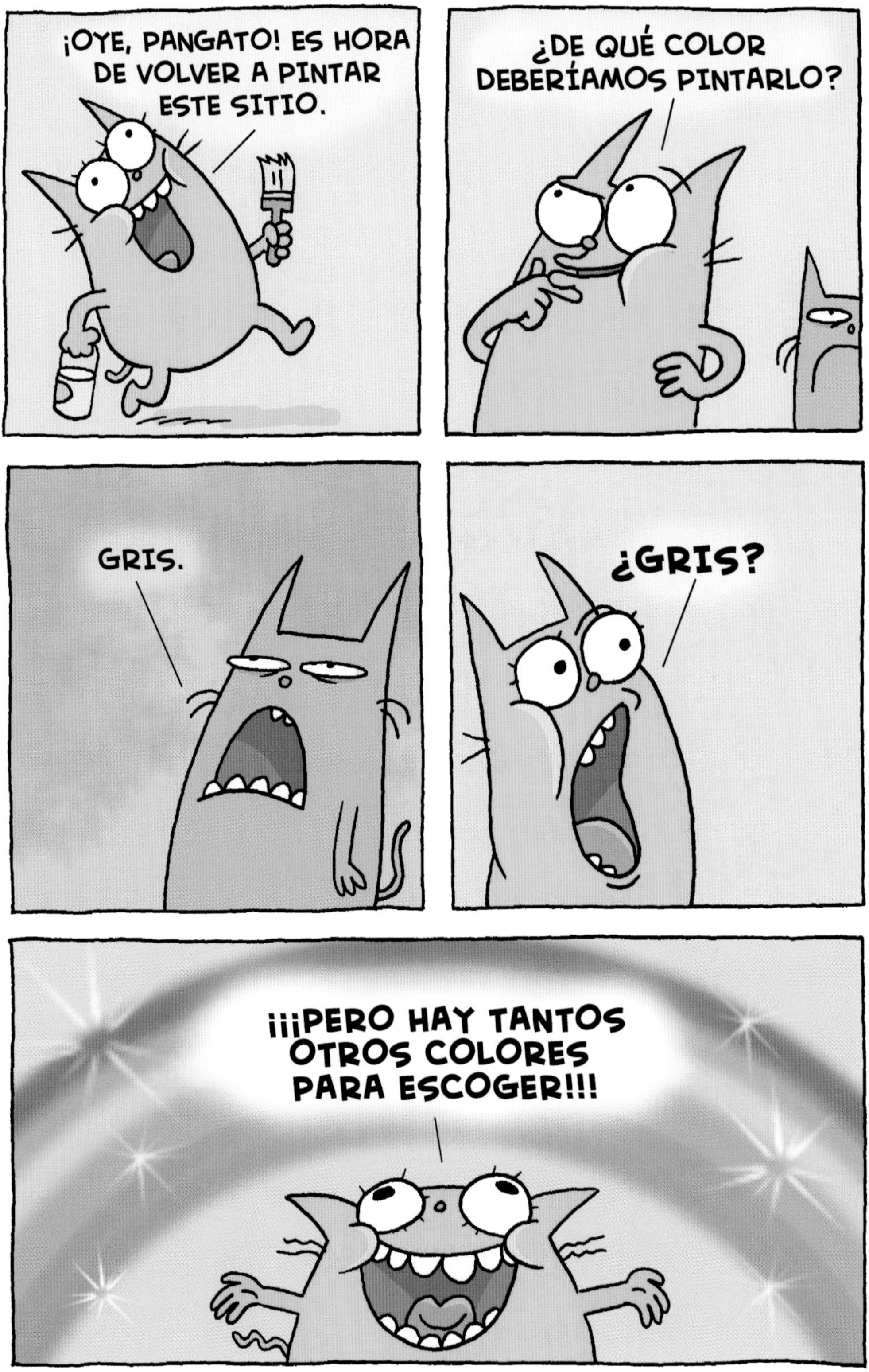
¡OYE, PANGATO! ES HORA DE VOLVER A PINTAR ESTE SITIO.
¿DE QUÉ COLOR DEBERÍAMOS PINTARLO?
GRIS.
¿GRIS?
¡¡¡PERO HAY TANTOS OTROS COLORES PARA ESCOGER!!!

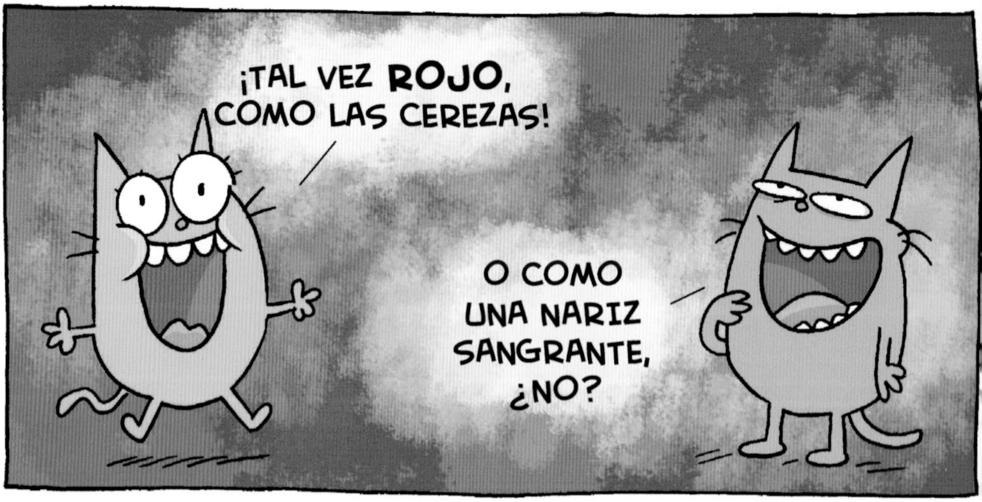
¡TAL VEZ **ROJO**, COMO LAS CEREZAS!
O COMO UNA NARIZ SANGRANTE, ¿NO?

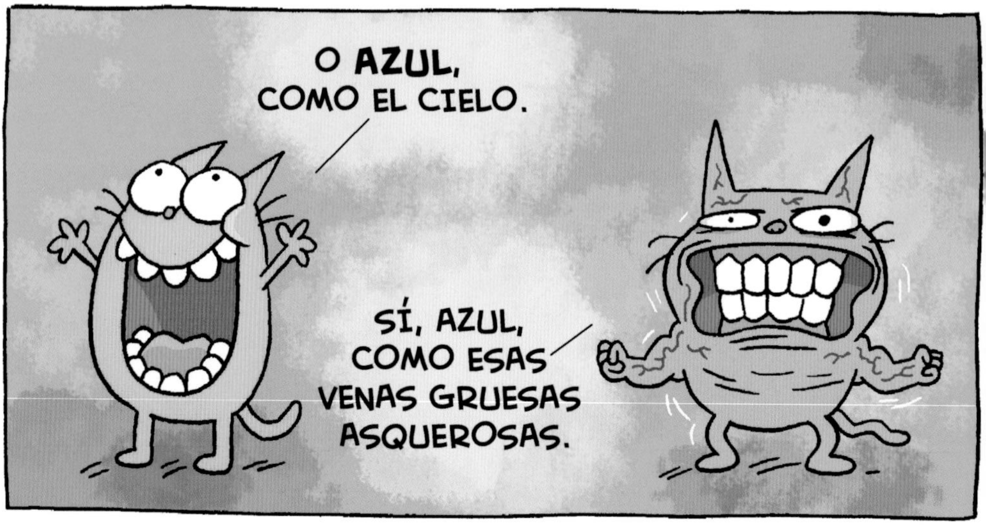
O **AZUL**, COMO EL CIELO.
SÍ, AZUL, COMO ESAS VENAS GRUESAS ASQUEROSAS.

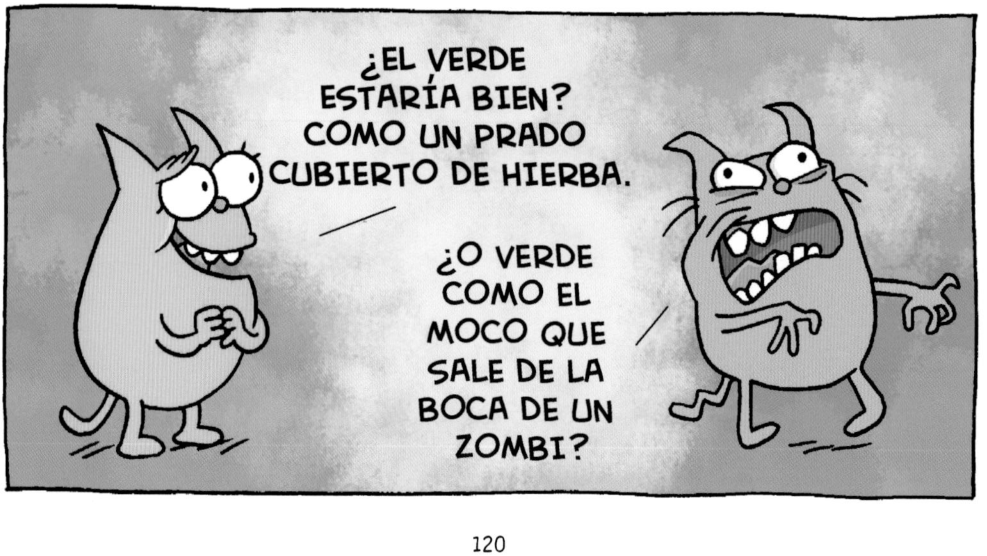
¿EL VERDE ESTARÍA BIEN? COMO UN PRADO CUBIERTO DE HIERBA.
¿O VERDE COMO EL MOCO QUE SALE DE LA BOCA DE UN ZOMBI?

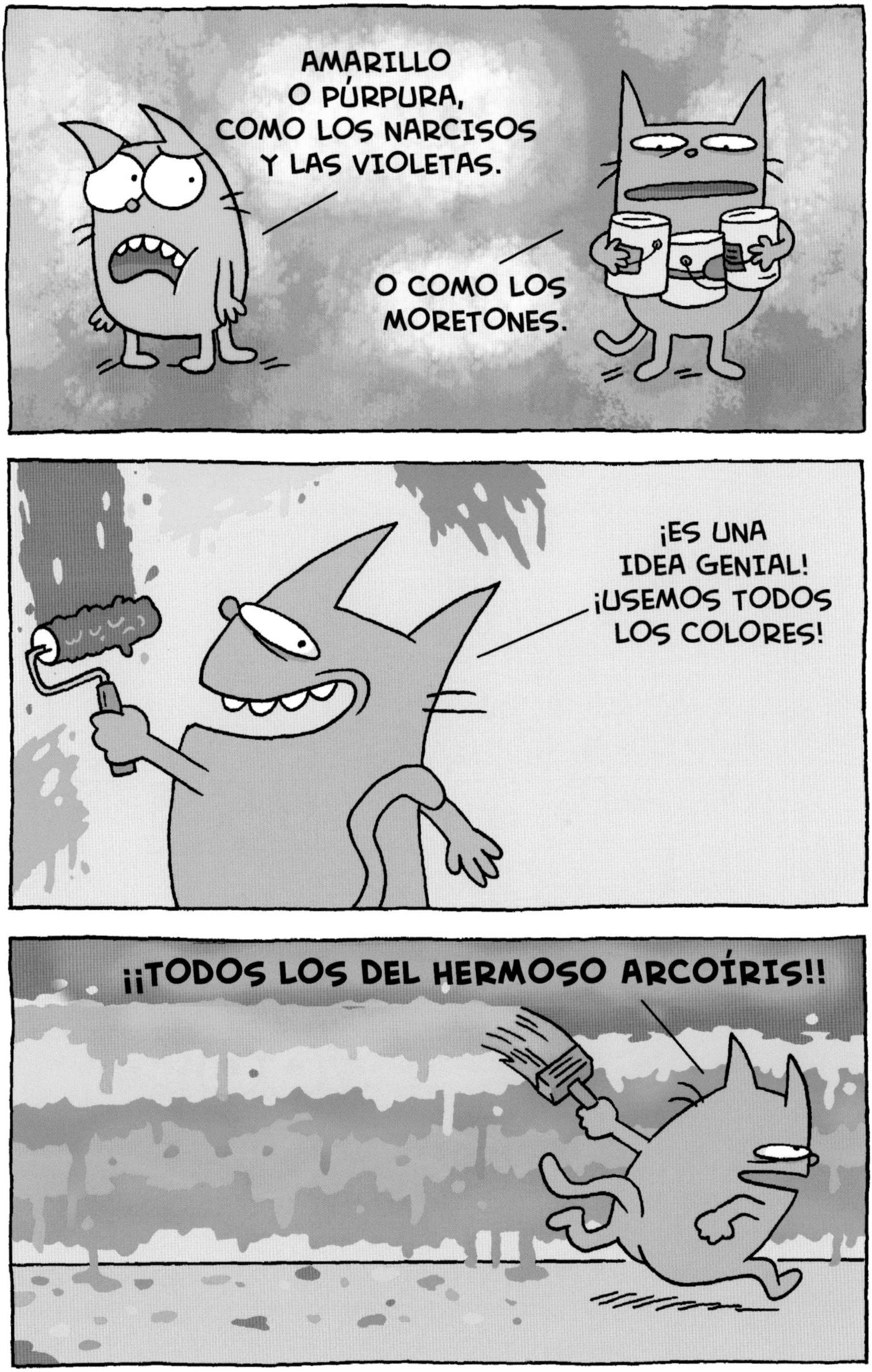
AMARILLO O PÚRPURA, COMO LOS NARCISOS Y LAS VIOLETAS.
O COMO LOS MORETONES.
¡ES UNA IDEA GENIAL! ¡USEMOS TODOS LOS COLORES!
¡¡TODOS LOS DEL HERMOSO ARCOÍRIS!!

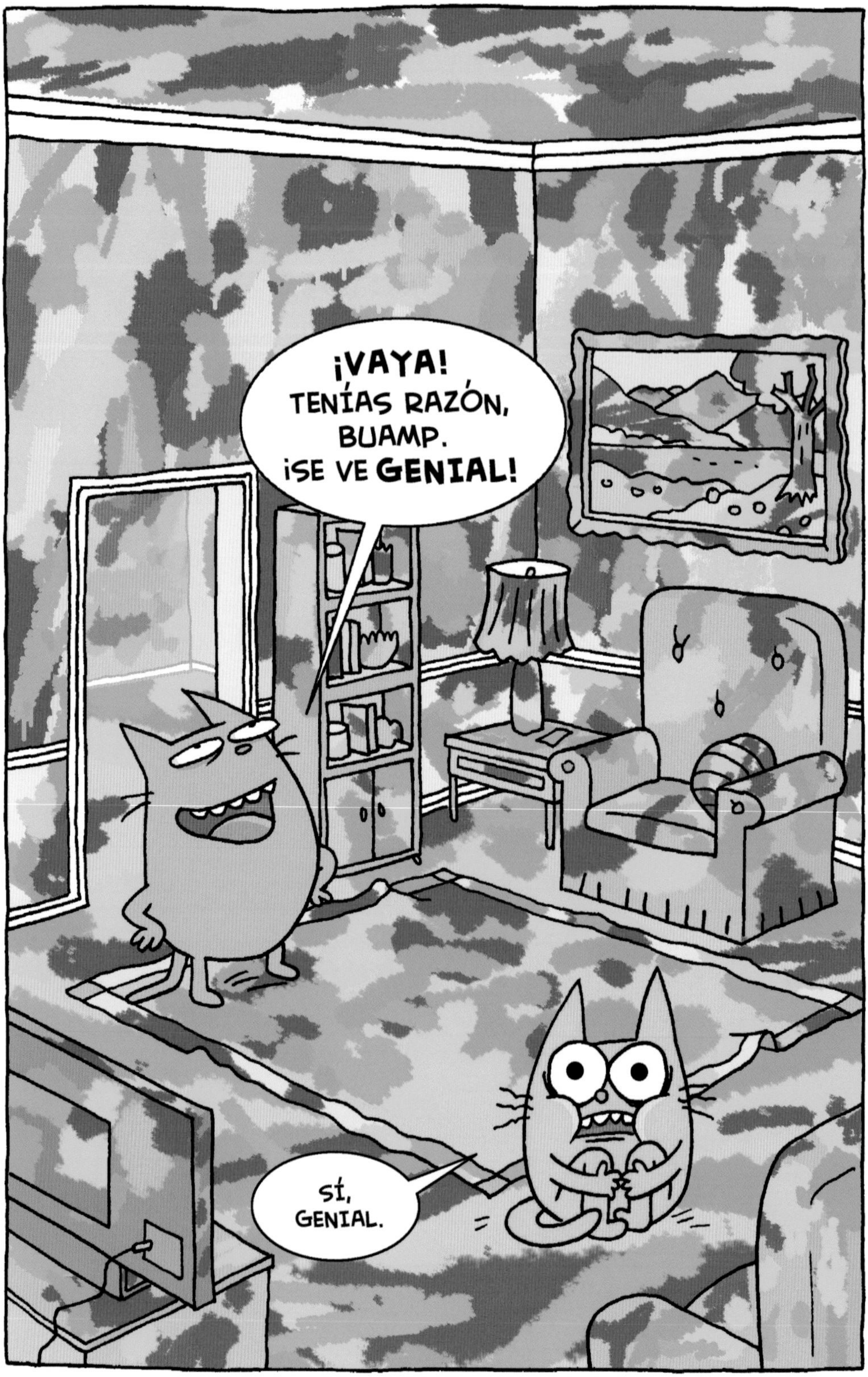
¡VAYA! TENÍAS RAZÓN, BUAMP. ¡SE VE GENIAL!
SÍ, GENIAL.

¡ACTIVIDAD EXTRA! ¿CUÁNTAS DIFERENCIAS PUEDES HALLAR ENTRE AMBOS DIBUJOS?

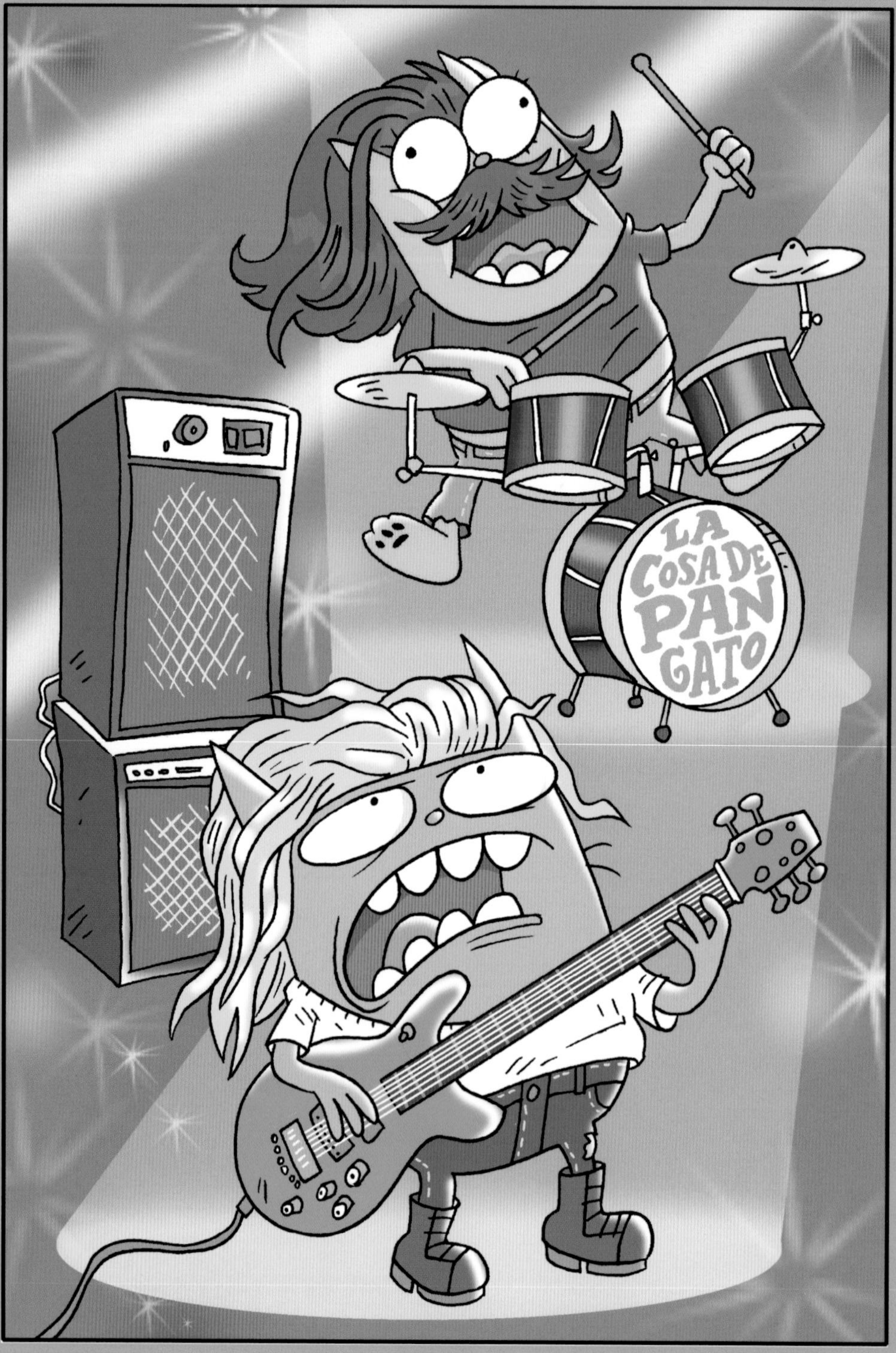
LA COSA DE PAN GATO

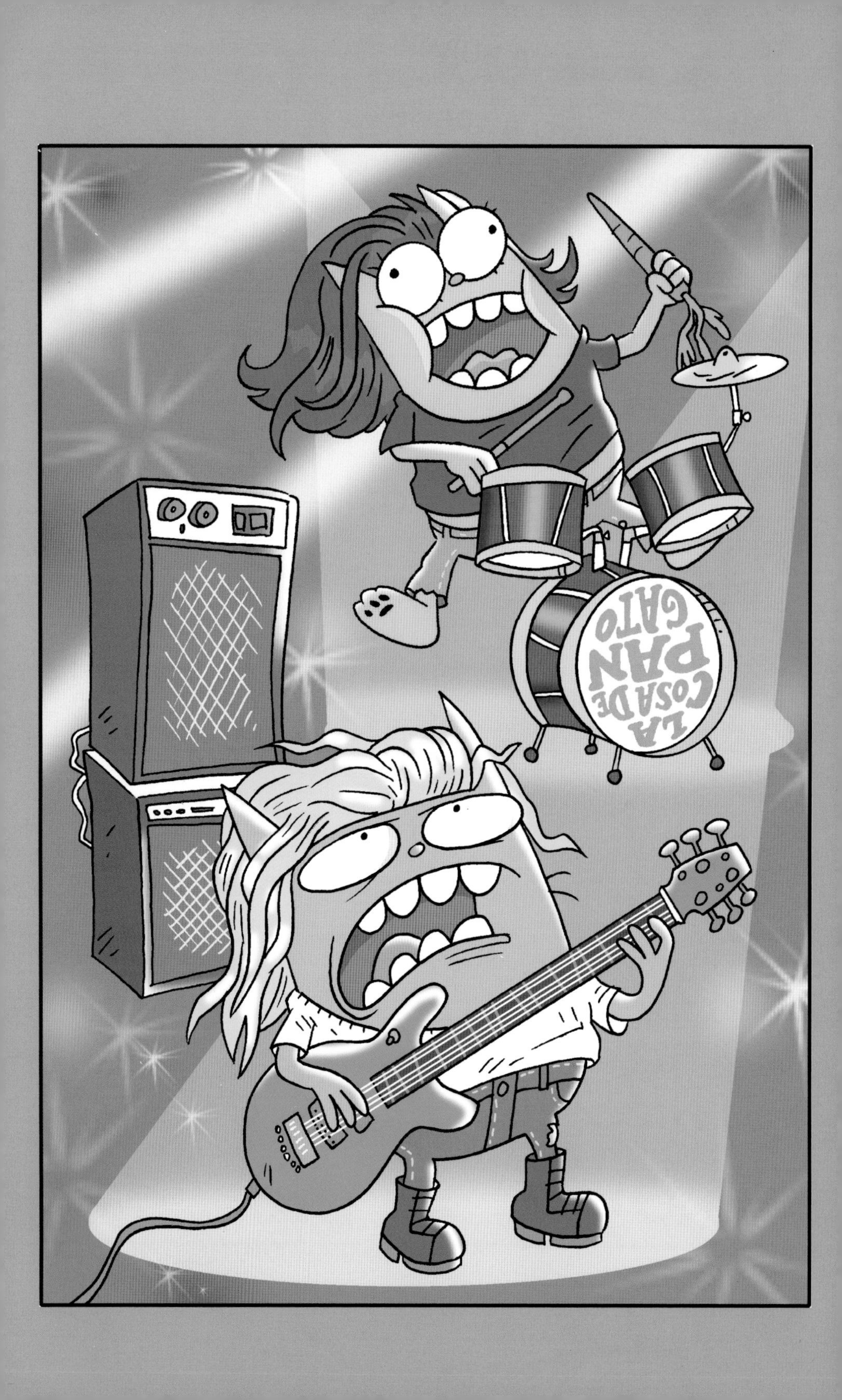
LA COSA DE PAN GATO

¿PUEDES AYUDAR A BUAMP A ENCONTRAR EL CAMINO HASTA PANGATO A TRAVÉS DEL LABERINTO?

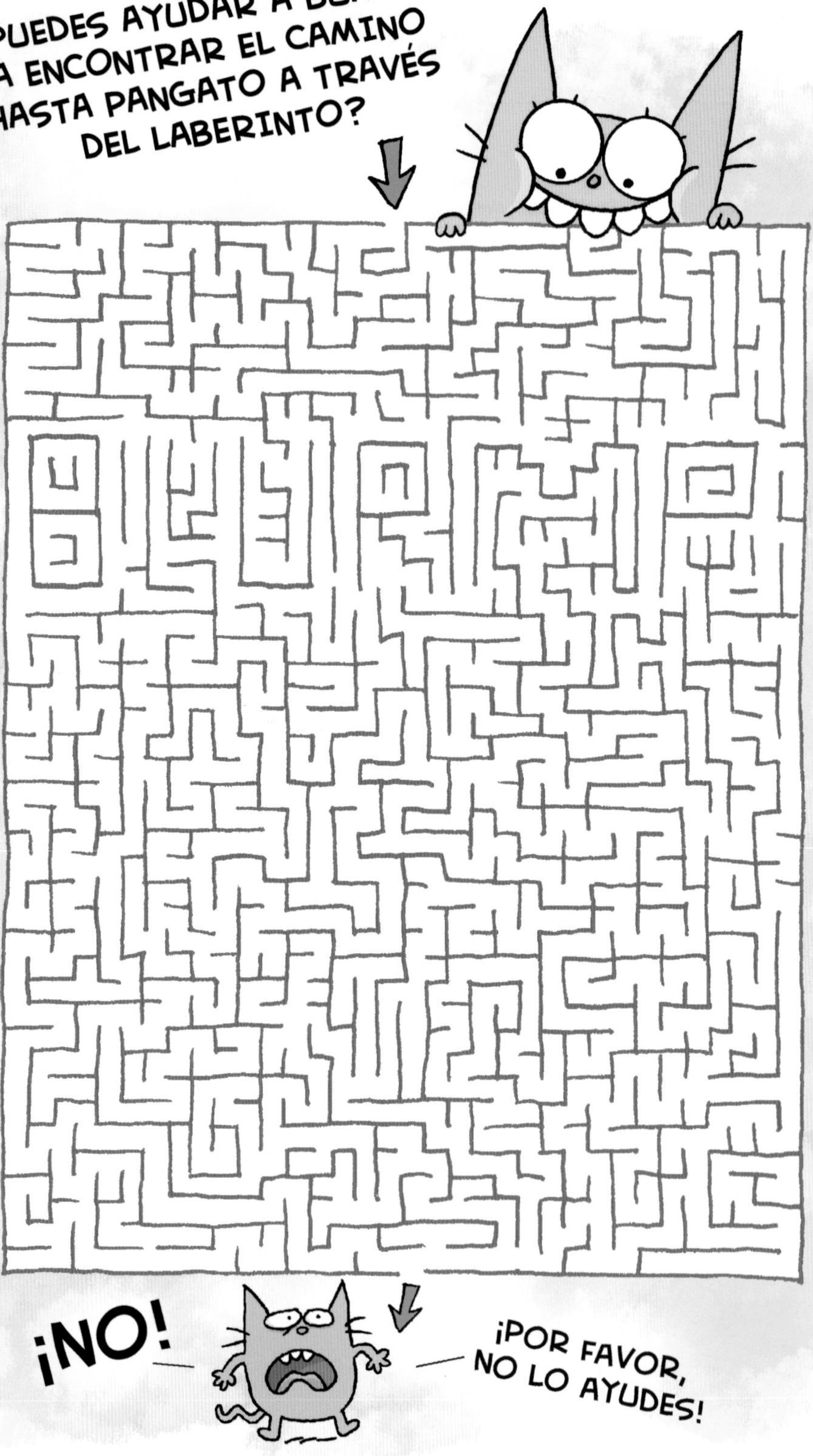

¡NO!
¡POR FAVOR, NO LO AYUDES!

¡NO TE PIERDAS EL PRIMER LIBRO!

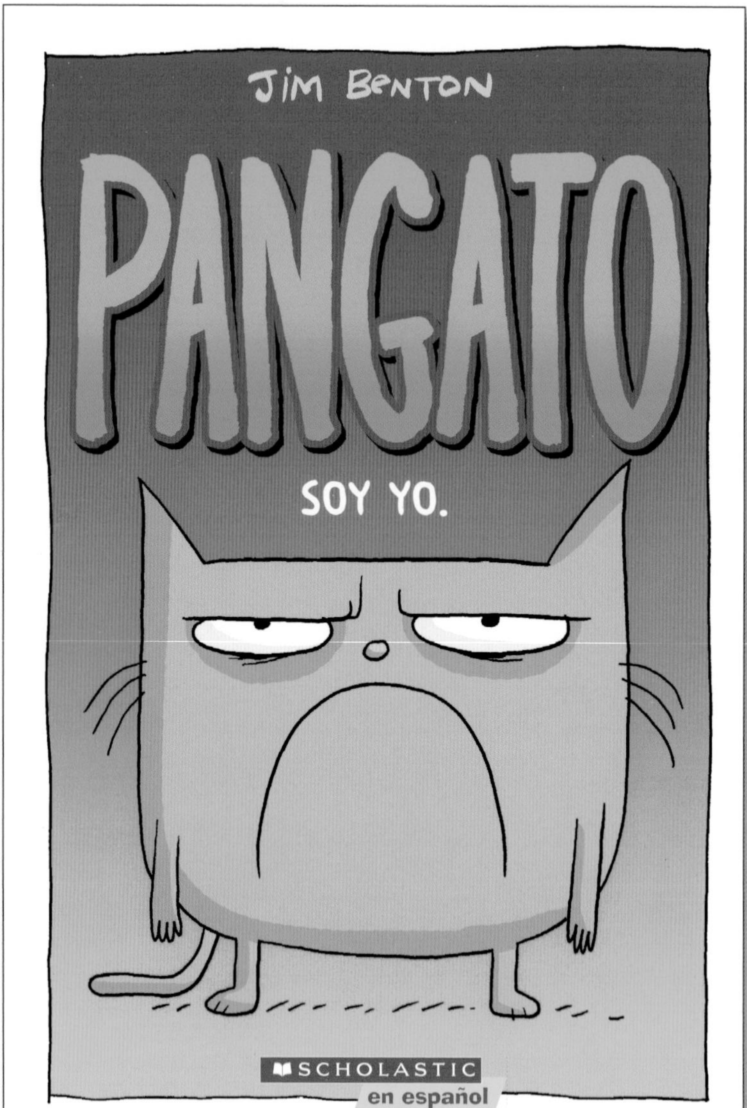
JIM BENTON
PANGATO
SOY YO.
SCHOLASTIC
en español